AMELIO
MI CORONEL

AMELIO
MI CORONEL

IGNACIO CASAS

Grijalbo

El papel utilizado para la impresión de este libro ha sido fabricado a partir de madera
procedente de bosques y plantaciones gestionadas con los más altos estándares ambientales,
garantizando una explotación de los recursos sostenible con el medio ambiente y beneficiosa para las personas.

Amelio, mi coronel

Primera edición: abril, 2022

D. R. © 2021, Ignacio Casas

D. R. © 2022, derechos de edición mundiales en lengua castellana:
Penguin Random House Grupo Editorial, S. A. de C. V.
Blvd. Miguel de Cervantes Saavedra núm. 301, 1er piso,
colonia Granada, alcaldía Miguel Hidalgo, C. P. 11520,
Ciudad de México

penguinlibros.com

ISBN: 978-607-381-211-5

Impreso en México – *Printed in Mexico*

Ficción histórica a partir de algunos pasajes de la vida del coronel Amelio Robles, revolucionario zapatista.

Cuando me volví memoria,
memoria pura.

GABRIELA MISTRAL

Para Eloísa Nava, quien puso esta historia en mis manos

Para Rubén y el Mordidas

MALAQUÍAS AMELIA

*U*n tiro al aire rezumbó por todo el pueblo y lueguito se escucharon los pasos de tu padre, quien entró como toro de lidia al cuarto donde la partera te sostenía, entre sangre y mocos, y el cordón que te ataba a tu madre no se dejaba romper. Brindó, le dio un trago derecho a su botella de mezcal y lanzó al aire el resto para al rato azotarla contra el suelo de tierra colorada. Los cristales se regaron junto al petate, donde la que te parió, a punto del desmayo, solo alcanzó a balbucear algo incomprensible.

Después de un momento de silencio la partera tomó un trozo de vidrio y rompió el cordón que te unía a tu madre, para más tarde enterrarlo ahí mismo, junto al brasero, y así asegurar que tendrías buena estrella en la vida.

Con la sangre que escurrió aquella tierra se puso aún más roja y chillaste con ese grito recio que todavía te acompaña. Un chillido bravo, un chillido de coyote, y aquellos berridos resonaron por todo Xochipala, por todo Zumpango, por todo Guerrero y por toda nuestra nación.

La que ayudó para que vinieras al mundo te limpió con calma y luego te acercó a los brazos de tu padre. Él, entre la embriaguez y el llanto, como si hubiera traído enaguas y rebozo, dijo: "Malaquías".

"Amelia", balbuceó tu madre casi sin fuerzas después del dolor de parirte. Tu abuela y tu tía, quienes presenciaron el alumbramiento desde un rincón, se acercaron y, calando con la mirada a tu padre, repitieron ese nombre de tres sílabas, "A-me-lia".

"Malaquías", dijo él enraizando su coraje. Azotó la puerta y salió.

Los cohetes festejaban la gloria de tres santos: san Francisco de Asís, porque la parroquia del pueblo está dedicada al santo que cura a los enfermos y hace que los animales se amansen; san Malaquías profeta, porque celebra su fiesta el día que naciste, tres de noviembre, y san Huberto Cazador que comparte el festejo con el santo de las profecías.

Tu madre, devota de san Huberto y de todo santo con cara de sufrimiento, varias veces contó que cuando estabas a pocos meses de nacer, allá subiendito el monte por el camino de los magueyes, igual que le pasó al santo, se encontró un venado que tenía cuernos en forma de cruz; el venado habló y le dijo: "Su nombre será Amelia y en cuanto nazca deben apurarse a quitarle la mancha del pecado original".

Por eso quiso bautizarte cuanto antes y te encomendó a ese santo que sabe usar el arco, la escopeta, la pistola; que sale en las estampitas en compañía del venado que conoce el lenguaje de los hombres, y le rogó que te protegiera de los peligros que en el monte acechan, que te librara de la roca que resbala y nos despeña, de la pólvora y de la bala perdida.

Al día siguiente de tu nacimiento, mientras tu padre todavía se curaba del coraje y de la cruda, ella, con dolor entre las piernas, haciendo esfuerzo para caminar, se trepó a una carreta jalada por dos mulas, junto con su madre y hermana, y agarró el camino de Zumpango para bautizarte en la parroquia de Santiago Apóstol, así, sin padrino. A cambio tuviste dos madrinas, tu abuela de creencias tan cerradas como el espacio entre sus cejas y tu tía, quien por traer la lengua descompuesta, coreaba como loro lo que su progenitora ordenaba, aba.

"Amelia", dijo tu madre cuando el cura le preguntó cuál sería tu nombre de pila. Mientras el sacerdote estaba invocando a la Santísima Trinidad se escuchó un caballo que rayaba el piso, un relincho y el sonido de dos balazos que saltaban al aire. Enseguida, Casimiro, tu padre, tambaleándose a causa de beber tanto mezcal, entró sin persignarse y allanando los terrenos del Señor, pistola en mano, gritó: "Nació el día de san Malaquías, Malaquías será".

La abuela intervino, dijo que aunque naciste en la fecha que se festeja a ese santo, el nombre no cuadraba.

"Amelia", imploró tu madre. La tía repitió la última sílaba de tu nombre "lia", como si un eco hubiera sido, ido.

Insistió entonces tu padre: "Malaquías".

El cura, mirándote sin preguntar, encendió un cirio, comenzó la letanía de los santos, la oración del exorcismo, la unción prebautismal, bendijo e invocó a Dios sobre el agua para que se te saliera el pecado original, pero cuando pronunció las palabras: "Yo te bautizo con el nombre de Amelia", tu padre aventó un tiro que se estrelló en la pared.

Ahí, junto a la imagen del Señor de las Misericordias, todavía se puede ver el boquete causado por aquella cólera. Tu madre gritó con susto y tu abuela se persignó invocando a Dios nuestro señor. De la tía solo se escuchó el "ñor, ñor". El viejo cura levantó la voz y repitió: "Yo te bautizo con el nombre de Amelia", pero agregó un "de Jesús". Amelia de Jesús.

Enojado por el estropicio trató de echar a tu padre, mas no fue necesario, él ya había agarrado carrera para treparse en su caballo y salir a todo galope. El cura terminó la ceremonia y luego de mirar el destrozo y pedir a tu madre y madrinas unas monedas de más para reparar los daños formó una cruz en tu frente, te encomendó a tu ángel guardián, encaminó hacia el portón a las tres mujeres que iban contigo y les echó la bendición.

Tu madre le besó la mano y agradeció el haberte bautizado. Tu abuela, quitándose el velo de la cabeza, hizo lo que bien sabía hacer: joder, recordándole a tu madre que muchas veces le había dicho que no se casara con ese hombre tosco y rudo, el mismo que le había puesto el apodo de Zopilota a ella, y Cotorra a la tía ía, quien confirmando lo atinado de los sobrenombres, como eco descompuesto, repitió esas palabras: tosco osco, rudo udo.

Casimiro, dándole al caballo con la fusta, con ansias y coraje se apersonó con el comisario del registro civil, de quien conocía muy bien las mañas pues era su compadre, y a cambio de un peso de esos dorados que traían el águila con las alas abiertas, él mismo con su letra chueca te registró, aunque estuvieras ausente, con el nombre de Malaquías Amelia de Jesús Robles Ávila y la tinta de esas palabras se escurrió en tu acta de nacimiento.

MALAQUI

D *esde ese día, y la verdad desde tiempo atrás, todo era pelea en aquella casa. Cuando aparecían los primeros rayos del sol, Casimiro, ahuyentando a la Cotorra y a la Zopilota, se acercaba a tu cuna de palma nomás pa mirar con ojos de mañana si su Malaqui ya había despertado.*

Tus hermanos, a causa de su carácter apocado y por el miedo a desobedecer, estuvieron siempre como mudos, como zonzos, asustados bajo esas faldas que refrenaban sus decisiones; por eso desde antes de que nacieras tu padre tenía la ilusión de tener alguien recio y valiente que lo acompañara, que fuera nomás de él. Alguien que lo siguiera en la caza del gato montés y en el tiro al venado; alguien que cuando estuviera viejo le prestara sus ojos para mirar cómo escurría la miel del agave. Un retoño fuerte que le diera sus brazos para caminar sin bastón.

Malaqui eras tú, así te decía en secreto tu padre derrotado, tu padre hecho menos por las enaguas de tu madre, por los interminables sermones de la abuela y los ecos descompuestos de la tartamú. Derrotado por la culpa de haber casi herido al Señor de las Misericordias y sobre todo por el cariño que le tenía a su Malaqui.

Nomás por quererte no dejó a tu madre, por eso cada noche regresaba al rancho donde vivían y hasta se juró para no volver a tomar mezcal ni pulque ni aguardiente, para no ofender con balazos terrenos sagrados, porque lo hizo frente al santo del día en que naciste, Malaquías profeta, y fue testigo san Francisco de Asís, a quien se le quiere mucho por nuestros caminos del sur.

MEZCAL

*P*ara alguien como él que conocía los secretos de la piña del maguey, que
tenía buena mano para descuartizarla, cocerla, triturarla y que diera
aguamiel clarita, casi sin color, que sabía cómo cocer aquella pureza, fermentar-
la, destilarla, reposarla para luego vaciar su líquido en botellas traídas de Chilpancingo o desde la capital, eso de quedarse sin beber ni una gota y sin mujer
fue una tortura, porque, ¿sabes?, con su boca chueca tu tía ía le contó a mi mamá,
y ella a mí, que desde que naciste, tu madre, no volvió a abrirle las piernas a
Casimiro. En secreto le dijo que las mujeres de tu casa nunca le perdonaron los
disparos, que allanara los terrenos de ángeles y santos y, sobre todo, nunca
aceptó que te hubiera registrado con ese nombre que sonaba a maldito, a mal-
querencia, a maldad.

Aun así, Casimiro se levantaba animoso cuando aparecía el primer rayo del
sol para supervisar la labor, echarle un ojo a vacas y bueyes que pastaban en
sus terrenos pegados a los montes tan altos que parecían acariciar el cielo. Todo
el día se la pasaba en el campo, o en la mezcalera. Andaba sin ganas de volver
a la casa, pero regresaba, volvía para cargarte, jugar contigo y tronar su bocota
en tus cachetes, nomás para sacarte unas risas o treparte sobre sus hombros y
oír tus gritillos de alegría.

Un día que tu madre, la Zopilota y la Cotorra estaban ocupadas con unas
monjas recibiendo galletas y estampas de Yo pecadores, Casimiro te puso en el
pedazo de piso que tenía losa, comenzaste a gatear y al rato que te agarras de
una silla, que te paras, pides su mano y das tus primeros pasos.

Con sus palabras torpes, apenas comprensibles y casi aplaudiendo de contenta, pero en voz baja, la Cotorra orra fue a contar a todo el que pudo que diste unos pasitos chuecos ecos, con ayuda de esas manos que, digo yo, siguen estando muy pegadas a ti.

Casimiro varios días mantuvo su carota de orgullo y a todo lugar donde iba decía que empezaste a caminar agarrado de su dedo, del que sirve para señalar.

Nomás llegaba y te chiflaba duro para que estiraras los brazos, te fueras con él y repitieras las palabras que te enseñó: ¡chingue su madre! ¡viejas cabronas!, ¡pinches pendejas! palabras dizque malas que sacaban de quicio a la abuela, quien aconsejaba a tu madre que te había de alejar de ahí, de la mala influencia de tu progenitor, salvarte del mal ejemplo.

Mentaba con palabras mustias que te debían apuntar en el internado de las Hijas de María, para que te enseñaran oraciones y modos decentes, allá en Chilpancingo.

Pero tú, tu padre y hasta los que trabajaban en el rancho se meaban de la risa cuando decías esas palabras que sirven mucho para aventar el coraje, asincerarse o para recordarle a las personas lo que en verdad son.

Tu madre nomás miraba, la tía ía quesque se enojaba mientras que a la Zopilota aquella alegría le causaba muina y aires que se le atoraban en el trasero.

En una ocasión te encercaste en montar al alazán, el periqueo malvado te lo negó pero tu chillido tan recio, tan bravo, tan tú, hizo que Casimiro te pescara de la cintura y corriera a subirte al caballo. Y allá fueron los dos, venciendo al aire, galopando derecho rumbo al río, a toda velocidad, hasta que saliste volando y el silencio acompañó al miedo, pero Casimiro, aún sobre el caballo, sepa Dios cómo le hizo, te agarró al vuelo y te acomodó de nuevo sobre sus piernas. Nomás se te rasgaron las naguas, se te revolvió el cabello y te quedaron unos rasguños en la cara que ni llorar te hicieron.

En la casa no fue lo mismo. El coro de viejas jodió que si tu cara, que si tus moños, que si tu ropa. Casimiro entonces, desenraizando el coraje, agarró y se trepó al caballo una vez más, iba solo en medio de la noche, negra de tanta nube oscura.

Era ya muy tarde, los coyotes aullaban y la tormenta se veía venir. Él le daba duro a la fusta para que el caballo corriera más y más. A toda carrera, esquivó troncos y ramas, riachuelos y piedras y así anduvo al galope sin rumbo *hasta que un tronido seco se oyó por la sierra, rezumbó por todo Xochipala y caló las orejas de quienes estaban en el rancho y hasta de los que dormíamos en los alrededores.*

Aquella noche se te quedó guardada en la cabeza y me confesaste, tiempo después, que no pudiste cerrar los ojos de tanta inquietud. Los relámpagos y la lluvia sonaban como cohetes en tus oídos niños y acompañaban tus ganas de oír el trote del alazán al regresar, tus ansias de ver cómo abriría la puerta tu padre.

Ni una lágrima sacaste; nomás tuviste paradas las orejas y los ojos pelones hasta la madrugada, me dijiste.

Cuando el color del campo se empezó a asomar llegaron noticias de que hallaron a Casimiro bañado en sangre. Unos peones dijeron que el caballo, asustado por los truenos, se había estrellado contra un árbol.

Con el olor de los floripondios inundando la mañana calurosa de Xochipala, tu madre, tu abuela, la tía ía, tus hermanos, los trabajadores del rancho y algunos curiosos, como mi mamá y yo, nos dirigimos al lugar del desastre. Ibas tú también sin saber qué había pasado ni dónde mero estaba tu padre.

Entre gemidos y letanías del rosario, escuchando voces dolidas de quienes lo querían bien y burlas mustias de quienes no lo tragaban, llegamos. Viste la desgracia con ojos que no pudieron llorar.

Todos nos quedamos inmóviles. Entonces tú, a tus pocos años, diste paso tras paso para acercarte. En silencio te paraste frente a él, pusiste tus manitas en su cara y cerraste sus ojos para siempre.

Mientras los demás se acercaron a él, te las ingeniaste para agarrar su pistola y sin que nadie, más que yo, se diera cuenta, fuiste a esconderla para luego regresar a recoger el sombrero que aún tenía sangre fresca y pegártelo al pecho Miraste cómo lo cargaron y lo pusieron en la carreta; acompañaste su camino de regreso al rancho; presenciaste cómo lo cubrieron con una sábana blanca, lo metieron a un cajón y lo acomodaron sobre la mesa, para luego alumbrar su alma con cuatro cirios. Viste cómo echaron la cruz de cal en la tierra. Oíste el llanto de las plañideras.

Más tarde, a todos nos llamó la atención escuchar los gritos de una mujer a quien le negaron la entrada, una muchacha que no dejaron llorarlo pues decían que era pecadora, que era quien no debía ser.

Asfixiándote con los olores de tanta flor que le llevaron, miraste cómo, al día siguiente, cargaron su cajón entre cuatro hombres. Anduviste con tus zapatos blancos el camino al camposanto sin despegar tu mano de la caja de muerto;

viste cómo, acompañado de música y mezcal, lo echaron a un hoyo y lo taparon para siempre con la tierra de tu tierra colorada.

Con tus zapatos negros de lodo, quebrándote por dentro, pero firme, nomás como testigo miraste todo sin chistar para guardar dentro de ti, y para siempre, el recuerdo del tronco herido, del caballo azotado, de tu sangre derramada.

EN SOLEDAD

Tres, cuatro años pasaron. Cada vez me sentía más descariñado, además me encorajinaba escuchar el chismorreo y las órdenes de mi madre y madrinas que criticaban mis dichos y mis hechos.

"Tiene que hallarle el ojo a la aguja, razonar cómo hilar la hebra, no confundirse con el alfiler".

"Tiene que esmerarse en costurar la capa que envuelva al niño Jesús el día de la Candelaria".

"Tiene ene, que aprender der, a bordar dar figuras uras de querubines ines y ángeles nalgones ones con el punto de cruz cuz, cuz".

Con el hartazgo del tener que, de los manazos y las miradas que me calaban, a saber cómo le hacía pero me las ingeniaba pa recogerme la nagua, sacarme el moño y treparme al árbol más grueso del rancho onde pasaba horas junto con tordos y zanates, con tal de no estar en mi casa.

A pesar de todo quería que ella, mi amá, me diera un abrazo, me hiciera un chocolate caliente, me fuera a acostar por las noches. Nomás por eso aprendí a meter la hebra en la aguja, usar el bastidor, estirar la tela y dibujar con hilos de colores.

Y sí, me esmeré en bordar la capa que envolvería al niñito Jesús. Durante días y noches, sobre una manta blanca bordé caballos azules en relincho, granadas, tunas rojas y una carabina con hilos dorados.

"Sacrilegio", gritó mi abuela. Mentó que debería haber bordado ángeles, palomas, uvas o espigas, que no podía pagar sus promesas así, ni limpiar sus pecados con semejantes figuras. Sus promesas, sus pecados. Sus.

Mientras esas palabras como piedras rezumbaban en mis orejas, miré cómo trozó los caballos, quebró las granadas y partió los hilos dorados. Después me encerró en un cuarto pa que pidiera indulgencia. No sirvió de nada, pos al rato ya me había escapado. A partir de aquello, más seguido me encaramaba al árbol. Así, de tanto ver el tecolote desmañanado aprendí a alertarme cómo él pa descubrir al enemigo. A las enemigas, pues, que mandaban a mis hermanos a espiarme, quienes zurrados de miedo pegaban carrera cuando los pajarracos aleteaban sobre dellos.

Cuando me rugían las tripas y entraba a la casa pa echarme un taco no aguantaba ver que mi madre se perfumara y se hermoseara las pestañas para juntarse con un hombre. La falta, el deshonor hacia mi padre y hacia mí, que la quería bien, me calaban hasta el tuétano. Luego de comer me guardaba pedazos de bolillo o tortilla pa dárselos a los pájaros y así calmar mi coraje. Entre juegos, cerraba los ojos y en mi cabeza veía que esos animales eran soldados que me obedecían y que tomando vuelo, como si fueran un enjambre de abejas, salían zumbando duro hasta golpear las ventanas del cuarto de mi madre pa vengar la honra de mi padre muerto.

Poco tiempo pasó hasta que vi cómo se vistió de blanco pa entrar a la iglesia con un tipo que había sido trabajador del rancho, gordo como buey y astuto como lobo. Andrés se llamaba y por su labia se hizo dueño de varias misceláneas en Xochipala, y por lo mismo se ganó las caricias de la que me parió.

Oí la marcha nupcial, miré al cura que les echó la bendición y escuché cómo el buey enamorado le prometió nombrar a sus misceláneas igual quella:

Rosaura uno, frente al portal.
Rosaura dos, junto al camino de las recuas.
Rosaura tres, cerca de la parroquia.

Con vestido de encaje y moño de satén tenía el encargo de repartir arroz entre los invitados para que se lo echaran a los novios, pero, en vez de hacerlo, azoté esos granos blancos en el piso del atrio y los zanates y los tordos llegaron, se los zamparon y, guiados por el tecolote desmañanado, alzaron el vuelo encima de los novios como nube negra, sombra de malos augurios.

Y yo con mis ojillos poco más grandes que los tuyos, desde un rincón sin zapatos ni vestido de fiesta, atestigüé todo aquello.

MORDIDAS

D e por sí no te hallabas con la parentela, luego del casorio, menos; por eso pasabas horas conmigo. Me convidabas lagrimitas de anís o tamarindos con chile y allá iba yo detrás de ti con el cabello al aire y corre que corre como perrita faldera.

Conforme crecimos, cada vez más seguido agarrábamos camino para Zumpango, que fueron los rumbos por donde montones de hombres con picos, machetes y palas cortaron árboles y zacates, desyerbaron, aplanaron la tierra. Durante meses miramos con ojos deslumbrados que entre chiflidos y sudores pusieron rieles, acomodaron unos maderos llenos de chapopote, que nombraron durmientes, y les echaron piedrillas hasta que por fin estuvo listo ese camino de fierro pa la locomotora, sus vagones y de refilón pa los postes del telégrafo. Todo lo que tenía que ver con los trenes me gustaba. Soñaba con ser fogonero, maquinista, guardanoches, treparme a uno y avanzar derecho sobre los rieles hasta perderme entre los montes.

De eso me di cuenta cuando me convenciste que la emprendiéramos para Iguala a mirar el festejo por la llegada de un tren cargado de gente. Fue en la noche temprana. El zócalo de los tamarindos estaba lleno de foquitos y el camino para la estación brillaba con teas de ocote. Parecían luciérnagas listas para darle la bienvenida al ferrocarril.

¡Y al méndigo de don Porfirio que llegó desde Cocula con todo y los gobernadores de Guerrero y Morelos y otros lambiscones pa inaugurar la línea del Balsas!

Cuando se oyó el canto de la locomotora hubo palabras de emoción, suspiros y hasta agradecimientos al cielo; luego se sintió cerquita el humo del carbón que abrasaba de tan quemante y algunos dijeron, mientras se persignaban, que esas máquinas eran cosa del demonio, que su peste oscura picaba los ojos, ardía la garganta y atarantaba las orejas. Pero la mayoría estaba tan encantada como nosotros mirando aquel ensueño de fierro.

Aunque tuvimos que aguantar coscorrones y regaños por regresar a Xochipala hasta el otro día, a cada rato repetíamos el viaje pa esperar con ansias el silbido del tren.

Ese tren iba a llegar al merito Acapulco, pero como nunca lo acabaron, nunca se le hizo mirar el mar. Apostabas una cocada, una pulpa de tamarindo o un cigarro que se ganaría quien oyera el recantar de la locomotora o viera antes que el otro el copete de humo que echaba. Cuando aparecía, te hacías guaje dejándome ganar, nomás para que me pusiera contenta.

¿Te acuerdas de aquella vez quel tren iba como alma que lleva el diablo y fuimos testigos de que se salió de las vías, dio un volteón y quedó patas parriba?

¡Nunca se me ha borrado de la cabeza! Todavía lo traigo en los ojos. Se llevó de corbata a algunos cristianos que estaban cerca de las vías. Mientras yo miraba con lágrimas y escuchaba gritos de dolor pidiendo auxilio, sin saber qué hacer, tú corriste a ayudar, no a la gente, sino a un perro casi muerto que sacaste de la tremolina pa ponerlo a salvo. El Mordidas, a quien te las ingeniaste para curarle las fracturas, cuidarlo, llevarlo a Xochipala y luego, a escondidas, darle pedazos de carne, huesos para roer y caricias de a montón. El animal se halló tanto contigo que parecía tu sombra. En nuestro pueblo, en el rancho junto al árbol, con los pájaros, el tecolote madrugador, la tía ía y el cielo como testigos, le pusimos ese nombre porque traía tarascadas en la cabeza, en las patas y dos colmillazos en el cuello. ¡Sepa Dios si fue muy peleonero o se lo sanjuaneaban sabroso!

Y como nunca lo dejaron entrar a mi casa, con unos palos, martillo y clavos le hice un refugio escondido atrás de tu jacal, onde dormía y se resguardaba de la lluvia, del calor o de los escobazos.

Ya curado, corrían los dos por el monte y yo detrás. Tú recogías palos para hacer resorteras, cerbatanas y echar piedras como proyectiles nomás para afinar la puntería. Yo cortaba quelites pa comer mientras el perro movía la cola y ladraba de contento. Estoy segura de que querías más a ese animal que a tus mismos hermanos, los de sangre o los de media sangre, que para esas alturas ya eran dos.

No andas tan errada, Angelita.

¡Claro que no! En la escuela a la que íbamos, donde se razonaban las sumas y las restas, cuando en el recreo las chamaquitas jugábamos a la gallina ciega o a las comiditas, tú formabas ejércitos con pedazos de palo y municiones de piedras. Y nomás llegaba la hora de la salida me sonsacabas para irnos al campo, desobedeciendo a mi mamá que me mandaba regresar de volada para echar tortillas o quitarle lo amargo a los quelites.

Me acuerdo de que una vez, cuando andábamos correteando con el Mordidas y se le ocurrió echarse una meada junto a una ventana de mi casa. Me acerqué pa quitarlo de ái pero me llamaron la atención unas risas y retozos. Reconocí la voz del Andrés questaba haciendo no sé qué con mi madre. Me puse del color del jitomate y ya sin poder jugar, a mis diez, once años, me encendí de coraje por dentro.

Desde ese día espiabas los lugares donde el buey enamorado estuviera. Un día que de mañanita fuiste por mí, con tamales en mano, me pediste que te acompañara y, luego de darle fin al de mole y al verde, seguimos al Andrés, a quien ya cerca de tu casa le disparaste una piedra, se oyó un quejido sordo, corrimos a escondernos tras de un árbol. Desde ahí escuchamos un grito pidiendo ayuda, de rápido llegaron tus parientes para auxiliarlo. En silencio te subiste a atajar entre hojas y ramas. Le habías dado tan duro que le salió sangre de la cabeza. Ahí estuvimos mucho rato, entre el miedo y la victoria, yo detrás del tronco y tu pelando los ojos desde arriba.

Las dolencias del Andrés hicieron que se metieran pa la casa. Cuando ya no había ojos por ahí, bajé dentre las ramas. Te pedí que me acompañaras a entrar. La Zopilota, al verme, luego luego me preguntó que dónde andaba, que por qué no había ido a ayudar, que por qué ibas tú.

Te quedaste sin hablar, pero yo me di cuenta de que con gusto te brillaron los ojos cuando miraste la sangre que todavía echaba. Tu tía te jaló de la oreja y con su lengua chueca dijo ijo vente pa acá". Luego mentó que irían a buscar al causante de esa desgracia y te sacó junto conmigo. Me miró con ojos de pregunta, le dije que un ladrón había echado la piedra. Me creyó pues me conocía muy bien igual que a mi madre, quien era la comadrona, la partera que había ayudado a venir al mundo a casi todos los chiquillos de por ahí, como tú.

De rápido fue a despepitarlo en la casa, algunos le otorgaron razón, otros no, como el Andrés, quien desde ese día me trajo a las miras y me agarró más inquina; por lo mismo, me prohibió usar palos o piedras, causando que lo retara en silencio y de paso que me encorajinara con mi madre, quien se puso de su lado y una vez más estaba esperando chamaco.

Cuando salíamos a jugar, muchas veces vi cómo te gustaba mirar largo rato tu cara en los charcos igual que ahorita se espejean nuestras arrugas en la ventana de esta casa que mira al zócalo tamarindero, junto con los recuerdos que somos.

Ángela, ora caigo que somos un par de viejos zonzos en la mañana igualteca contándonos cosas que vivimos juntos.

¡Viejos los cerros!, y nada de zonzos. Nos gusta sacar la memoria de paseo. Nada más eso. Nada más.

HIJAS DE MARÍA

Desde que nací mi abuela cacareaba todo el tiempo que me habían de alejar de la casa, que me habían de apuntar en la escuela de las Hijas de María de la medalla milagrosa, allá en Chilpancingo. Era un internado que, según ella, me haría muy bien, pos me prepararían pa los deberes y obligaciones de cuando fuera grande. La verdad, y me lo dijo en mi cara, quería que me metieran en cintura quesque porque causaba tanto fastidio como una garrapata con rabia.

Mi amá desde antes ya había aceptado y ponía su grano de arena diciendo que sí, que me llevaran a donde me pudieran aplacar, pos con los hijos que ya tenía y el que estaba en camino no veía la suya. Si me iba durante la semana se le quitaría una losa de encima. Además no aguantaba que por todo el pueblo se dijera que era media hombrada, media machorra, una canija completa siempre acompañada de un perro negro con ganas de morder a todo aquel que se me acercara, para bien o para mal.

El Andrés con tal de tenerme lejos aceptó desembolsar unos billetes pa que me inscribieran en el internado.

Ya estando ái, luego de que las voces chillonas de las hijas de María dejaban de cantar, cuando me quedaba nomás yo en la capilla, varias veces pedí al cielo que ese dolor que me crecía en el pecho se calmara, que acabara el gusto por oler y mirar a escondidas los cabellos de las internas, a las que luego nomás porque sí les agarraba bronca. Rodillas al piso, con los ojos llenitos de agua, solicité indulgencia por tener esos pensamientos, por traer la cabeza tan revuelta. Me costaba mucho y todavía ahora me cuesta decirlo.

Hace bien dejar que salgan las palabras.

Sí, pues. Durante años sentí que me tropezaba conmigo por andar a las mentiras, siempre a las mentiras; por traer ese revoltijo que hacía que algunos, como mi madre, no me admitieran en su corazón. Me dolió entonces igual que ora, porque hay dolores que se esconden pero nunca se van.

Y de pronto salen, atacan, dan golpes mero adentro.

Golpes como patadas en las vísceras, Angelita. Entre cantos y rosarios, aprendí a preparar pozole verde y colorado, así como a tejer manteles, mañanitas, carpetas y a cortar telas. Quise hacerle un pantalón a un muñeco, un muñeco grande de mi misma estatura. Cuando se dieron cuenta las hijas, entre risas una dellas lo tijereteó todito. Por eso anduve triste y con enojo uno y otro día, aunque con la cabeza en alto seguí yendo al salón de costurar y demostré que sabía usar las tijeras y rematar el punto de cruz.

Sábados y domingos volvías a Xochipala. Tardabas más en llegar que en ir a mi jacal, dónde te esperábamos el Mordidas y yo. Luego de que el perro te diera la bienvenida a brincos y reguileteando el rabo me contabas lo que te había pasado en la jaula, como tú le decías a esa escuela.

Éramos uno solo ese perro y yo. La alegría por estar con él no me cabía en el cuerpo. ¡No hagas esos ojos, Angelita, también contigo, también contigo! Al revés de lo que me pasaba en la casa, que andaba mal a causa de los dichos o los cates que, disimulando o con descaro, me propinaba mi padrastro, así como las miradas de la Zopilota que se volvían cuchillos cuando quería hacer o decir algo.

La tía nomás miraba y muy en secreto, te daba pan de huevo o un bolillo grande, mismo que guardabas para luego, aunque duro pero no rancio, convidarme o dárselo en cachitos a los pajarracos. Se notaba que en pocos lugares te sentías feliz: entre las ramas del árbol, correteando al Mordidas, ordeñando a la Pinta, dándoles azúcar a los caballos o hablándome de tus cosas.

Igual que ora, Angelita, abuso de tus oídos.

Es gusto, no abuso. Me acuerdo de que entre juego y juego, en una ocasión que mi mamá se fue a atender a una parturienta. Después de acariciarme el pelo me contaste un secreto, una maldad que querías hacer.

Así fue. Un sábado que volví del internado me la pasé un rato con el alazán cortando los amarres de la silla del Andrés, pa cuando se subiera y empezara a andar se fuera de jeta o nalgas. Nomás empezó a cabalgar y se cayó del caballo, luego pierna jodida por el golpe, gritó de maldiciones pa todos lados. Su hijo, que andaba por ái, mentó que me había visto con una navaja en la mano junto al caballo. El Andrés revisó la silla de montar y se dio cuenta de que los amarres estaban cortados. Con la pata chueca pero rápido, me buscó por todo el rancho, hasta que me halló y me agarró a cinturonazos dejándome jirones en el cuerpo y el corazón enfurecido contra él y de refilón contra el más grande de los hijos dél y mi amá, chamaco que había ido con el chisme y que luego, con sonrisa burlona, presenció cómo me golpeaba su padre. Ranulfo se llamaba.

LUNAS

Un mal día regresaste de Chilpancingo nomás tristeando. Andabas sin hallarte, sin ganas de hacer nada.

Ey, me pasó que el que cuidaba la puerta del internado tenía un caballo gris clarito, muy viejo y casi siempre amarrado a un palo porque su dueño estaba más amolado quél y nunca lo sacaba a pasear. Muchas veces, sin que nadie se diera cuenta, mientras las hijas de María se divertían haciendo merengues de colorines, caldo largo, rezando el rosario o cantándoles a los santos, escondiéndome de sus miradas, agarraba un poco de azúcar y se la llevaba al caballo y por eso, por el gusto del azúcar, el animal se amigó conmigo.

Uno desos días, me entraron muchas ganas de montarlo. Sin pensar me trepé y a pelo lo saqué a correr pa que estuviera contento, se le desentumieran las patas y de paso pa salirme un rato de ese encierro que me ahogaba.

Ái arriba de ese caballo me atacó un retortijón y me asusté cuando vi que su lomo tenía una manchilla de sangre rojiza, aunque no estaba muy grande creí que me iba a morir, que se me iban a salir el hígado, los riñones, que había algo dentro de mí que no cuajaba.

Cuando regresé al internado el viejo se rio de mí, de mi angustia. Y hasta me dio unos coscorrones por haber ensuciado su animal.

Con ansias me fui al baño, me retorcí a causa de ese dolor que nunca había sentido y grité pa pedir ayuda. Una chamaca, que me tenía ojeriza, llegó, se metió al baño y rumió que eso que me había salido era nomás el principio porque luego vendrían víboras y cucarachas.

Chillé rodillas al piso hasta que apareció la hermana que me había tijereteado el pantalón que estaba costurando. Como pude, le dije qué me pasaba y le pedí ayuda.

Mentó que eso que se quería salir de mí era el castigo por brincar como chivo, por subirme a las bardas y sobre todo por mirar con ojos hechizados cachetes, labios ajenos. Grité que nunca había hecho eso.

Al rato lloré en silencio porque era verdad y ella se había dado cuenta.

Con la lengua seca y el dolor arraigado esperé días hasta regresar contigo pa contarte. Allá nadie me ayudó.

Allá no, pero en tu casa mientras recogía flores de guayacán, tu tía se acercó a donde estábamos y mero cuando tú, cabeza baja, me contabas lo que hoy repites, oyó tus palabras porque lo que le faltaba en la lengua le sobraba en las orejas. Cuidándose de que ni la Zopilota, tus hermanos o el Andrés la vieran, se sentó ahí con nosotros, bajo la sombra del árbol. Con su lengua torcida, te dijo ijo canijo que cada luna una, luna llena desde ese momento y durante muchos años, tendrías que limpiarte eso que no era malo; que no era un castigo; que a ella, a tu madre y a todas les pasaba; que tendrías que acostumbrarte.

Hijo canijo, me dijo.

Me levanté como queriendo irme de ahí, pero me quedé otro poco. Habló con palabras dulces de ponerse un trapo esponjoso y lavarlo sin que nadie viera. Mientras su voz chueca trataba de hacerte entender, de hacernos entender, estuvo hilando un collar con pétalos de guayacanes y gardenias que te dio para que te lo pusieras en la cintura, mentando que esas flores huelen tan chulo que sirven para disimular los olores. Con mansedumbre agarraste aquel collar y se juntaron sus ojos con los tuyos. Seguí oye y mira hasta que con su lengua chueca me preguntó si a mí ya me había pasado lo mismo. No supe contestar.

Ella se regresó pal rancho, tú te subiste al árbol y yo corrí para mi jacal, pero de pronto me detuve, voltié y miré cómo un reguero de pétalos caía de las ramas.

SU SEÑOR

¿Te acuerdas de que a puros chiflidos llamaba al Mordidas y a la Pinta? Los dos corrían hacia mí, una moviendo las orejas de contenta y el otro meneando el rabo. La vaca se ponía feliz cuando le apretaba las ubres, le sacaba la miel y me tomaba dos vasos de leche fresca, calientita, con espuma. Te convidaba y también a Benigno, el caballerango que siempre le tuvo mucha ley a mi padre y me enseñó a lazar.

Lo tengo clarito en la cabeza, pero… ¿a quién fue el primero que quisiste echar el lazo y apretárselo?

A uno de mis hermanos. La muina y el castigo del Andrés no se hizo esperar, ni el coraje de la Zopilota, mientras mi amá, como si no tuviera palabras, se quedó nomás pelando los ojos.

No olvido que un día que estábamos sentados a la orilla del río, cuando la tarde se estaba poniendo azul y se asomó la estrella que más brilla, me preguntaste cómo matar al buey que se apropió del lugar de tu padre, ¿se le persigue y se le echan piedras pa atarantarlo?, ¿se le clava un puñal en el lomo?, ¿se le aprieta el cogote con una reata?, ¿se le degüella el colgajo que trae entre las piernas?

Todavía se me inflama el cuerpo de coraje cuando me pregunto con qué derecho le ordenaba a su mujer que se arrodillara y le chupara las vergüenzas; qué le daba licencia para, reventado de alcohol, querer enderezarle la voz a la tartamú a fuerza de treparse en ella. Por qué quiso un día de mi niñez meterme mano. Ese único día que mi madre le soltó un golpe en la cara, él se lo regresó tirándola al piso y yo respondí queriendo matarlo a golpes. Yo peleando con un buey, yo gritando que ni a mí, ni a mi madre nunca nos volvería a humillar.

La quería. A la madre siempre se le quiere, a la buena o a la mala. Se le quiere con todo lo que uno tiene y a veces no se comprende. Como no comprendí por qué luego de los golpes y el llanto, ella le pidió perdón y le dijo que él era su señor y que nunca volvería a faltarle.

LA FIESTA DEL TLACOLOL

¿**Y**a oíste que hasta la ventana llega el sonido de la flauta y del tambor?

Ni me digas, que cada año por estas fechas se me retuercen las tripas cuando el pitero anda recorre y recorre las calles pa invitar a que vaya uno a ver a los tlacololeros al mero centro.

¿Y eso por qué? ¡A mí me encanta ese baile que es lucha! Nos trae lluvias para bien de la cosecha y espanta al nagual y los temores. Me encantan la perra Maravilla, el Maizo, el Tepachero, el Rayo Seco, con sus calzones de manta, sus máscaras bigotonas y el chirrión que hacen sonar como trueno para asustar al tigre o la maldad, que son la misma cosa. Todavía me emociono cuando escogen a quienes van a participar en la fiesta. Todos los muchachos se mueren de ganas por el honor de estar ahí, de ser alguno de los tlacololeros o el mismísimo Tigre.

Ya te dije que a mi nomás de oír esa música se me revuelven las tripas pos desde que supe, hace muchos años, que Ranulfo mi hermano iba a ser el Xocoyote, el chamaco que pelea junto con los tlacololeros contra el Tigre me bulló la cabeza con una chingada pregunta: ¿por qué él? Durante semanas anduve siguiéndolo. A escondidas miré cómo se entrenaba, cómo se preparaba, cómo atacaba y se defendía. Ojeé con muina cuando le costuraron el traje y cuando su padre le llevó la máscara y el sombrero. La noche antes de la fiesta fui a fisgonear entre sus cosas y estando ái, no pude más y agarré su camisa, sus calzones, el chirrión y la máscara.

Al día siguiente, cuando el trueno de los cuetes estrelló el cielo de la tarde y se oyeron los campanazos que dieron inicio a lo mejor de la fiesta, que es el Porrazo del Tigre, me fui a poner mero adelante del montón de gente pa poder ver bien. Miré el baile, las vueltas, los brincos con hartas ganas de meterme ái. Oí al mayordomo cuando hizo golpear su báculo y mentó que paráramos la oreja pa escuchar el rugido, pos ya se acercaba la fiera. Se me enchinó la piel de puro gusto. La gente gritó y aplaudió al ver al tigre, pero abuchearon con fuerza cuando apareció el Ranulfo quien no se conformó con quedarse sin salir en la fiesta. Se metió así, con su pantalón azul, su camisa de cuadros y sin máscara de Xocoyote. La gente chifló recio, los tlacololeros se descontrolaron, lo persiguieron pa sacarlo, pero él se escapaba y corría como vaquilla en jaripeo. Las burlas se multiplicaron y algunos hasta le aventaron olotes, cáscaras, piedras. A mí, pa qué negarlo, me dio gusto ver todo aquello y ansias también. En eso, por onde yo estaba, llegó un mezcalero trepado en un burro y se puso a regalar tragos a todos quienes se acercaban a ellos. Me eché uno que me sirvió pa darme valor.

Valor siempre has tenido.

Sí, pero a veces hace falta una ayudadita. A esa edad que andaba cerca de los catorce, sentí un impulso que me salió de mero dentro y sin pensar, me fui a esconder tras de unas matas pa ponerme la camisa, el calzón y la máscara. Ya con el traje puesto sentí quera uno como ellos y corrí pa meterme al baile. Estoy seguro que dentro de mi cabeza quería entrar a la fiesta, luchar y hacer sonar el chirrión, si no ¿cómo fregados te explicas que llevara cargando las cosas del Ranulfo?

Me lo explico nada más porque te conozco de pies a cabeza, ¡o de botas a sombrero!

¿Será? Eso es lo que tú crees, Angelita. Hay mucho dentro diuno que nadie sabe más quel que las vivió. Pero mejor le sigo pues, el Jitomatero y el Colmenero trataron de agarrar al Ranulfo y él, al sentirse perseguido, empezó a bufar como toro en corrida. Su padre, el Andrés, llegó y se abrió paso entre el gentío pa meterse al ruedo y sacarlo. Agarró al chamaco del cuello y ya cuando iba pa fuera, se dio cuenta de que yo traía puesta la máscara, las ropas de su hijo y se lanzó pa onde estaba. Corrí pa meterme entre los tlacololeros. Se armó una trifulca, volaron sombreros, chirriones, guaraches. Aun así, el Andrés pudo asestarme un puñetazo. La gente nos azuzaba, aplaudía. Pa mi mala suerte me descuidé y me dio una patada, pero rápido lo agarré de las piernas pa hacerlo caer. El Chile verde, el Frijolero y algún otro llegaron pa levantarlo. Mientras, aproveché y salí hecho la fregada. La música de la flauta y el tambor volvieron a sonar mientras yo, me escapaba de ái, al tiempo quel Andrés me maldecía, sin saber quién era yo en realidad.

Lo último que oí fueron los chillidos del Ranulfo que, como puerco en matadero, gritaba que seiba a vengar de mí.

LA FERIA

Esa misma noche rompí el traje, quebré la máscara y los enterré en un baldío. Sobándome los moquetes dormí ái, echo bolita en una banca del zócalo.

Y mientras yo, desde mi jacal, nada más escuchaba, la boruca que se armó en tu casa cuando llegó el Andrés y se sanjuaneó a Ranulfo y sepa Dios a quién más, porque la gritadera se oyó muy fuerte.

Pues ái te va otro poco pa que te acabes de enterar. Al día siguiente me desperté con dolores por todos lados. Me tenté la boca y tenía sangre seca. Haciéndome fuerte me fui a buscar algo de comer, era tan temprano que miré cómo iban poniendo los puestos de tamales, buñuelos, jaletinas. Con hambre de perro pedí un bolillo, una gordita, ¡lo que fuera! Recibí un pan de huevo que me tuve que comer de ladito, pos me calaba el labio y lo peor: ¡seguí con hambre! Así que al rato me acerqué a un puesto y en un descuido agarré un birote que me guardé pa luego comérmelo, también mordiendo de lado. Ya con la panza más contenta, vi que trepados en caballo y burro se acercaban una chamaca adornada con diadema de brillitos y un payaso que, con voz de pato, anunciaba con un cucurucho que la función de circo comenzaba al mediodía.

El famoso Circo García, quera de Cuernavaca y que había triunfado en Chilpancingo, estaba en nuestro pueblo. La verdad no quería regresar pa la casa, no quería que me vieran y que sospecharan algo. Además se me hizo muy curiosa la chamaca. Vi cómo la gente empezó a llegar y cómo aquello se convirtió en música, alegría y gritos de vendedores, ¡Caña fresca! ¡Mangos con chile! ¡Coco tiernito, agua de coco fresca! ¡Empanadas calientes pa los más valientes! ¡Buñue… los enmieladitos! ¡De guanábaaaana la nieve! ¡Lleve sus ricas frutas que la calor está dura!

¿Y ora tú? ¡Parece que estás gritando en la plaza!

Me gusta hablar de bulto, ¿qué tiene de malo?

Nada, pero se me antojó la agüita de coco.

Pos sírvete una y de paso a mí también. El calor está tan fuerte como aquel día que se empezó a oír una música de corneta y junto con ella la voz del payaso que anunciaba el inicio de la función. La carpa tenía una rotura, así que me pude colar por ái pa entrar, me arrastré sobre el aserrín hasta que detrás de una banca, medio a escondidas, medio mirando, vi a un enano que se echaba maromas, a tres hombres en calzones quesque dorados subidos uno encima del otro y a un mago que sacaba paliacates de su sombrero. Reconocí a la niña de la diadema quel presentador anunció como Elvirita y que hizo que me latiera el corazón. "Elvirita", hasta la fecha no se me ha olvidado su nombre. Hacía equilibrios sobre un caballo chaparro que trotaba en círculo y luego se pasaba por debajo de la panza del animal sin caerse hasta volver a quedar arriba.

Al salir, por la misma rotura de la carpa, miré un puesto onde estaba un señor barbón con un trapo rojo en la cabeza y un pedacito de espejo en la frente. Ofrecía contar el porvenir. Algunas personas lo miraban. Me acerqué merodeando. En una mesa había un mantelillo negro, el señor me dijo que agarrara unas semillas de colorines y las echara ái sobre el mantel. Hice lo que me pidió. Observó la figura que se formó. Con voz como de haberse tomado muchas frías me dijo que nací con un astro protector, que aunque nadie nace con el Dios de la guerra, yo me iría a pelear y triunfaría, aunque no con buena suerte. Me quedé piense y piense en esas palabras. La trompeta del payaso, quien invitaba a la siguiente función, hizo que ese momento se rompiera. No pagué, pero el señor tampoco me pidió dinero. Agarré camino en silencio, aunque por dentro me pregunté: ¿por qué fregados me habrá dicho eso?

Era tarde y ora sí tenía ganas de regresar al rancho, a la casa. Agarré camino. Cuando el Ranulfo me vio se puso rojo y mentó que se iba a vengar de quien lo había puesto en ridículo. Yo iba a contestar, pero la tía me atajó con su rebozo y me echó pa otro cuarto, luego con su lengua chueca se puso a despepitar una historia que inventó, dijo que había estado con ella y no sé cuántas cosas más. Al día siguiente ella no dejó que nadie me viera y se ofreció pa acompañarme de vuelta al internado.

No sé si le creyeron, ni siquiera si le entendieron, pero yo le agarré un cariño que, aunque hace años que ya no está, hasta la fecha sigue tan fresco como esas flores que se abren por las mañanas.

GABINETE DE FOTOGRAFÍA

Andaba ya en la juventud cuando llegó a Xochipala la novedad esa de fotografiarse quen aquel momento me hizo desatinar, pero que con el paso del tiempo tanto me gustó.

Dímelo a mí. Tienes montones de retratos en el veliz y algunos colgados junto al reloj de la pared, que no para de tictaquear.

¡También hay uno tuyo, Angelita!

¡Nomás uno!

Mejor le sigo…con la ilusión de vivir pa siempre, aunque sea en un retrato, mi madre y mi abuela convencieron al Andrés pa que gastara unos billetes y le hiciera caso a un altavoz que anunciaba por todo el pueblo que se pondría el gabinete ambulante de fotografía de Sarita Castrejón, nombre que bien recuerdo porque lo repetían mañana, tarde y noche.

A los pocos días, los curiosos, que éramos casi todos, vimos cómo arriba de una carreta jalada por una yegua retinta y sudando como si trajera un queso fresco derritiéndose debajo del sombrero llegó desde Teloloapan el enviado de la fotógrafa; era un tipo llamado Samuel, gordo de carnes blancas, cachetes colorados y bigote ralo, junto con su ayudante, una joven abusada de cabello chino. Él de traje oscuro, corbata y sonrisa de interés, y ella escudriñando con los ojos el paisaje de mi pueblo.

En un portalito de renta por semanas instalaron el gabinete de fotografía "Sara Castrejón", que era quien los mandaba; entonces el pueblo entero, el rancho completo, la casa toda, se entusiasmó con la ilusión de que sus caras estuvieran en un retrato.

Puros deseos. Por falta de centavos muchos nos quedamos con las ganas. Solo los acomodados podían pagar aquel lujo.

A Andrés le iba tan bien que, además de las misceláneas, ya tenía un almacén en Zumpango, el Rosaura cuatro; e iba por el Rosaura cinco en Chilpancingo. Ganaba, pues, buenos billetes.

La abuela ordenó que todos nos retratáramos, pero a la tía ía le dijo que por tener un ojo caído y la lengua chueca no la podrían retratar. No quiso pues que su cara apareciera en el álbum de familia, que sería un recuerdo pa los años por venir.

Podía mirar, eso sí, cómo era aquello de que una chispa, un disparo salido de un cajón de madera con mirilla, sirviera pa dejar una cara o varias plasmadas en un cartón blanco y negro.

Al día siguiente, mientras en la casa unos no paraban de mear por los nervios y otras se comían las uñas de las ansias, la tartamú tomó entre sus manos mi cabello largo y güero, lo dividió en dos y lo trenzó como hacía con las hojas de palma el domingo de ramos; me ayudó a ponerme la blusa que mi madre ordenó, sobre ella me puso una medalla y me echó la bendición.

Ái vamos a pie, salvando lodo y charcos. Mi tía, oficiosa y diligente, caminaba delante con mis hermanos que iban bien bañados y con los dientes limpios, aunque no dejaran de sudar por la calor y la emoción hasta llegar al portal onde se hallaba el famoso gabinete. Fingiendo que estaba contenta, les aplacó el cabello a los hombres con peine de madera y limón. A todos menos al Andrés. Puso polvos de arroz en las caras de las mujeres y les pellizcó los cachetes pa que salieran coloradas.

Yo miré cómo en secreto ella se hizo lo mismo y se mordió los labios, con la ilusión escondida de que si sobraba un disparo, nomás uno, tuvieran piedad y la dejaran sentir qué era eso de ver su cara pegada en un papel. Pero justo antes de que el fotógrafo y su ayudanta empezaran a descargar luces, la abuela le ordenó, nomás moviendo el dedo, que se saliera del cuarto. Mansa y buena, obedeció sin decir nada.

Uno a uno, como si estuviéramos en el paredón, nos fuimos poniendo frente a los disparos de luz y luego todos juntos.

Para que el retrato saliera bien, el fotógrafo o su ayudanta te meneaban la cara más arriba o más abajo. Tenías que estar un momento largo sin moverte frente a la cámara. Atrás de ti ponían un telón con un paisaje de bosque, una fuente, el camposanto, lo que quisiera el retratado… o la abuela del retratado.

No sé cuantas veces me pidieron el fotógrafo y la muchacha que pusiera cara contenta.

No.

Moños, trenzas, blusa y medalla me pesaban como una losa, por eso nomás no pude hacer el gesto de la alegría.

Y por eso saliste con esa cara en el retrato que no te gusta que nadie vea.

Ese mero.

Hay cosas que pasan entre los dos lados de una puerta y uno ni se entera. Dentro estaban ustedes con la cámara, las luces, los disparos, el retratista; fuera, yo de curiosa y la tartamú toda achicopalada. Al verla así, me acerqué a ella. Nos fuimos pa una sombrita y con cuidado de que no la fueran a oír, me contó con palabras torcidas que la habían echado del gabinete, luego secándose unas pocas lágrimas me blanqueó la cara con polvos de arroz que traía en el mandil y me pellizcó los cachetes.

Cachetes rojos ella, cachetes rojos yo.

De pronto divisé que la puerta estaba nomás emparejada, y sin pensar corrí, asomé la nariz en el mero momento cuando el retratista te echó un disparo. Enojado volteó a verme junto con el disgusto de los demás y dijo que el retrato se había velado. Ni un rayo de luz debía entrar porque se cebaba el trabajo. Tu abuela igual que hizo con la tía, me echó pa fuera nomás moviendo el dedo.

Con la cola entre las patas, me regresé con la tía, que de entre las chiches se sacó un cuentecito de esos que cargaba para todos lados. Encantada en las palabras se metió en él y me lo empezó a leer. Su voz chueca se revolvió con los gritos de tu mamá que abrió la puerta pa salir y, ante la mirada dura de la abuela, rezongó y dijo que estaba harta de ti y de esa chamaca despeinada que parecía tu sombra; que había arruinado tu retrato, que tenían que hacerte otro y que eso te saldría muy caro.

Ellas eran así, así mero.

INCENDIARME

Me figuro que todas las madres tienen secretos, cariños ocultos, repulsiones; que prefieren a un hijo que a otro; que quieren o procuran al más chico o al primero que les nació; a la de en medio; a quien las apapacha o las hace sentir seguras. Se inclinan por el gordo, por el más cabrón o por el que no se sabe defender. ¿A poco quieren a todos por igual? Son cosas que se callan, pero que ái están, digo yo.

Se habla que trazan el camino de sus hijos, que les dicen para dónde andar, lo que han de hacer con sus vidas y hasta que algunas se guardan al más chico para que las cuide cuando estén viejas.

Nos conocen muy bien, eso sí. Al derecho y al revés. Algo por dentro les dice quiénes somos, qué queremos, por qué hacemos esto o lo otro. Saben leernos de pies a cabeza o como dijiste tú…

¡De botas a sombrero!

Descifran nuestros movimientos, lo que decimos sin palabras y hasta lo que traemos mero dentro. La mía tuvo seis hijos de dos maridos. Tres güeros como Casimiro y tres prietos como Andrés. Éramos una decena en esa familia que mi madre se empeñó en retratar, aunque solo salimos nueve en las fotografías.

La noche anterior a los disparos para el retrato ella habló conmigo. Me pidió ponerme la blusa negra de cuello alto con encaje, hacerme trenzas y adornarme el pelo con dos moños, usar la medalla de la Virgen que me dieron cuando estuve en el internado de las Hijas de María... y sonreír.

Me dio razones, motivos, habló mucho rato de quiénes somos, de por qué nacemos como nacemos, se santiguó y mencionó el pecado y el castigo del Señor si no llevamos una vida recta. Sabía de las malquerencias con mis hermanos, del coraje contra su marido.

Dura, me dijo y repitió que no tratara de ser quien no debía.

Me habló de la máscara de tigre que le robé a Ranulfo, de la bronca con él en la fiesta del Tlacolol, de mi boca herida; mencionó los cuentos que inventó la tía ía pa cubrirme.

Como si me hubieran dado una patada en el estómago, me di cuenta de todo lo que sabía de mí y me calaron sus palabras como el filo del machete.

Recordó que casi le estropeé el casorio cuando los pájaros llegaron a comerse el arroz afuera de la parroquia ensombreciendo el festejo; hizo memoria del piedrazo que le asesté al Andrés cuando ya eran marido y mujer. Estaba enterada de todo y se mordió la lengua pa que nada se le saliera y que su esposo no me tuviera más ojeriza y me echara a la calle.

Me habló de la Casimira, la pistola que fue de mi padre, que me agencié muchos años atrás y nombré como él.

Sabía todo de mí.

Casi.

Con ojos llenitos de agua me pidió que me amansara, dijo que la gente era muy canija. Con ojos tiernos me acarició y me peinó el cabello en silencio, luego susurró que ya estaba en edad de casorio.

Al poco rato, con sus manos como cárceles apretó las mías, y sentenció que si no acataba sus dichos me las vería con ella. Mencionó quel Andrés ya estaba en tratos con un compadre pa enlazarme con su hijo. Que más me valdría el casorio que incendiarme.

Palabras, patadas.

TEMPORADA DE AGUAS

Cuando el fotógrafo fue a entregar retratos y recoger billetes, ríos de lodo hicieron que se tropezara antes de llegar al rancho y se le cayeran las fotografías. Así las entregó y, a pesar de eso, los retratados se emocionaron. Miraban sus dientes mochos, sus orejas grandes, sus caras completitas en esos cartones húmedos y se echaban risas tontas.

La tartamú observó todo desde su silla de palo, se sacó el cuentecito que cargaba y se puso a leerlo. Mientras la bulla se hacía más fuerte, parecía que ella, línea a línea, se metía en esas hojas amarillentas.

El fotógrafo con mi retrato en la mano se acercó a donde yo estaba para entregármelo, mientras lo hacía me dijo en voz baja que el de la güera era el más bonito, el mejor. Me invitó una nieve de guanábana, diciendo quera la más cara, y a pasear en la plaza.

Me le quedé viendo y le enseñé el cañón de la Casimira. El infeliz, de por sí blanco, se puso tan pálido como los aparecidos que vagan por acá en tiempos de difuntos.

Se echó pa tras, buscó la puerta y tropezándose salió pa agarrar camino.

Ni cuenta se dieron los demás que seguían embelesados viendo sus fotografías.

Ái, bajo el quicio de la puerta, me quedé un tiempo largo observando mi retrato.

Yo era y no era esa imagen.

Di un paso hacia fuera. Avancé rumbo al árbol que conoces muy bien. De camino pasé por unas tijeras de trozar pollos, miré la sangre seca que estaba pegada a sus filos y continué yendo hacia la sombra.

Acaricié mi pelo largo y me mal hice unas trenzas casi iguales a las que traía cuando fuimos al gabinete pal retrato.

Tomé las tijeras.

Corté una trenza, la otra.

Me tijeretié lo demás.

Aventé por ái, trenzas y tijeras junto con el retrato.

Años después, cuando regresé a Xochipala a despedir pa siempre a mi madre, lo que quedaba de mi abuela me puso en las manos una llave pequeña, me señaló con el dedo índice y mucha dificultad que fuera a onde estaba el ropero, ese mismo en el que mi madre guardaba sus cosas más preciadas.

Abrí las puertas, hallé una caja rojinegra y ahí dentro apareció ese cabello maltrenzado junto con las tijeras y el retrato. Era una caja de Olinalá que aún despedía el aroma tierno de la mujer que me dio la vida.

LA BOLA

Desde el momento en que me desmoché el pelo no estuve en paz. Escondía mis mechones tijereteados bajo un sombrero, el de mi padre que me agencié desde mucho tiempo atrás. ¿Te acuerdas, Angelita?

Cómo olvidarlo, si todavía lo tienes, y está tan viejo como tú y yo.
¡Viejos los cerros! ¡Tú lo dijiste!

La gente es muy canija y cuando son de la familia, peor. Muchas veces mentaron que no dejaba descansar en paz a ese hombre que había muerto cuando yo apenas pasaba los tres años, que qué tenía que hacer cargando su pistola pa todos lados, que en lugar de sombrero había de aceptar al marido que ya me andaban consiguiendo.

Por eso, y por cosas de dentro, yo estaba igual que el país, con ansias que me quemaban. Tanto, que no me hallaba en ningún lado. No me hallaba en el rancho, ni con los caballos, las vacas o el viejo Mordidas; ni siquiera contigo.

Ni siquiera conmigo.

Sentía un quemor más fuerte que las piedras insoladas de mi tierra caliente, onde la gente andaba a las vivas, asustada. Al telégrafo llegaban noticias que las cosas cada vez estaban más duras en el norte, en la capital, en las ciudades grandes de nuestro estado y hasta en los pueblos; de boca a boca se hablaba de las levas que hacían los federales pa jalar campesinos y ponerlos de carne de cañón; por eso la gente se iba al monte a esconder. No era lo mismo cuando aparecían los alzados. Hombres, mujeres, chamacos se unían a la revuelta pa luchar por un pedacito de tierra pa trabajar al servicio de uno mismo.

Recuerdo, pues, que un día de febrero del año once, Cirilo, el del telégrafo, como alma que lleva el diablo apareció en el club maderista, a donde yo iba a ayudar a hacer las cuentas, y mentó que había llegado a Xochipala un chinguero de soldados. Corrimos a la mera plaza, que estaba cuajada de mirones. Ái fue onde me topé por primera vez con Juan Andreu Almazán, quien capitaneaba esa tropa. Era güero, alto, de bigote catrín y botas de montar. No tenía idea de quién era, mucho menos que con los años llegaría a ser general de división, casi presidente y tampoco que yo siempre le tendría mucha ley.

Poco después, eso sí, supe que le gustaban los animales tanto como a mí. Con el tiempo, me enteré de que a pesar de ser guerrerense había estudiado en Puebla y que se amigó con Aquiles Serdán, a quien mataron los federales a balazos en el sótano de su propia casa al mismo tiempo que a su hermano, cuando el movimiento revolucionario apenas empezaba.

Con él fue con quien primero me uní a la revuelta. Durante el poco tiempo que estuve bajo sus órdenes, supe eso e incluso que uno o dos años antes de que lo conociera intentó salvar a los hermanos Serdán, pos le entendía a las cosas de medicina pero nada pudo hacer. Lo que sí logró fue juntar dinero para comprar las cajas de muerto y ayudar a un viejo doctor a autopsiar los cadáveres.

¿Con qué valor agarra uno el bisturí y corta el cuerpo de un amigo caído?, ¿cómo siendo tan chamaco se puede tener la sangre fría para ver los adentros de alguien con quien cruzaste palabra apenas un día antes?

Siempre me he preguntado eso y también si con las mismas manos que abrieron el difunto entregó un mechón de pelo a la madre y a la hermana, quienes acabaron en la cárcel, según todo mundo mentaba.

Una cosa es matar al enemigo y otra ensangrentarte los dedos con las vísceras del amigo.

Así es, si no que hablen estas manos, pues. Juan Andreu contó siempre que ái, con Aquiles y Máximo tendidos y con el bisturí lleno de sangre, tomó una decisión: si ya habían empezado los balazos, se iría a los balazos.

El caso fue que Almazán, cuando llegó a nuestro pueblo, dijo que necesitaban soldados que quisieran ir a luchar pa devolver lo suyo a los que hacían surcos, echaban semillas y dejaban vida y sudor pa beneficio de las panzas de los caciques. Uno de sus cabecillas dijo que hacían falta viejas que cargaran en sus rebozos no solo chamacos, sino coraje; que fueran bravas pa matar chivos, guajolotes o puercos, curaran la sangre de los heridos, enterraran a los muertos, aceitaran fusiles, montaran sin ensillar, supieran espiar y, de paso, sirvieran de galletas pa los soldados.

¿Galletas?

Ey, ¡pa comérselas a besos! Un soldado de bigotes caídos remató que también hacían falta recabrones de buena puntería, para vengarse de las levas y tronarse a los federales.

"¿Matar chivos y guajolotes?, ¿curar heridos?, ¿enterrar a los muertos?", pensé.

"Tener buena puntería". Vengar las levas". Tronarme a los federales", repetí en mi cabeza. Así pues... vino la bola y me fui a la bola. Sin avisar ni decir nada, dejé atrás el árbol, a la tía ía, el rancho, la tumba de mi padre, a la abuela, al Andrés, a Ranulfo, la vaca, los pájaros, dejé a mi madre y a ti, Ángela.

Y a mí.

Se quedó lo que tanto quería y lo que no me gustaba. La gente que era buena y la que no. Todos metidos en el mismo pueblo de tierra como comal y aire tan caliente que me asfixiaba. Y sí, tuve miedo como el que han de sentir las gallinas que cuelgan amarradas de las patas y ven al mundo de cabeza antes de perder el pescuezo... la verdad... me fui a la Revolución, me fui para que me muriera...

Mientras caminaba rumbo al campamento salvando yerbas con espinas y coralillos ganosas de clavar su veneno, entre chamacos, moscas, sombreros, palos y machetes, sentía que cada paso que daba era como un puño de tierra que sacaba de mi propia tumba.

Cuando ya mi pueblo se veía chiquito de tan lejos, pensé que en esa revuelta yo iba a ser como el viento que anda por donde le da la gana o como el río, que a fuerza de empujar tierra y piedrones va labrando su cauce.

EL PRIMER DÍA

Así pues, me uní al Ejército Libertador del Sur con la compañía de la Casimira, y unos ladridos viejos que siguieron mi camino. En ese entonces no sabía lo que defiende un revolucionario, aunque luego lo supe y defendí el Plan de Ayala.

En el campamento correteaba un hormiguero de chiquillos que, dependiendo la edad, eran tan buenos pa cargar leña, acarrear agua de los pozos, cuidar chivos y borregos, así como para ir a uno y otro pueblo, colarse entre la gente, parar oreja, espiar los cuarteles, fijarse cómo andaban las tropas federales y regresar pa dar noticia.

Había mujeres que hacían casi lo mismo y entre ellas una muchacha que me llamó la atención por sus cachetes colorados casi escondidos bajo una capa de tizne y sobre todo por su mirada triste. Viendo pal suelo, parecía que llevaba algo en la espalda, algo que pesaba más que el maíz o las municiones, no era ninguna cosa o escuincle. Era una carga que traía por dentro.

Observándola a ratos, me di cuenta de que obedecía todo sin chistar. Oí que le gritaban: Lupe, sírveme otro taco; Lupe, carga la leña; Lupe, pa ti no hay verdolagas. Hasta al Mordidas, cuando se le acercó, le dio un pedazo de tortilla dura y el otro movió la cola reguileteando de alegría.

Desde el campamento se miraba que el río se metía poco a poco en la barranca, que por ser tiempo de lluvias estaba cuajada de musgo y helechos.

Cuando el sol dejó de quemar, Almazán, echándose un cigarro, se juntó con dos o tres de sus cabecillas. Olí el humo que siempre me gustó, me acerqué con disimulo quesque recogiendo ramas pa la leña. Haciéndome guaje escuché que hablaban de algo serio, decían que en cualquiera de esas madrugadas iban a agarrar camino pa atacar una plaza muy importante. Estratégica, dijeron. Que nomás esperaban la orden para encontrarse con las fuerzas del general Jesús H. Salgado, pa ser el doble de rebeldes y pelear juntos.

Luego Almazán juntó a toda la tropa y amenazó con castigar a aquellos soldados que se embriagaran; ordenó que se portaran sensatos y pidió a los cabecillas que se encargaran de hacer cumplir sus palabras.

Mientras tanto, la Lupe, al igual que otras mujeres, le soplaron a unas brasas que estaban debajo de unas piedras y se pusieron a preparar de comer. No había mucho, pero con frijoles, verdolagas, quelites, un poco de tasajo y hasta hormigas chicatanas que los chamacos cazaban recontentos, hacían milagros pa mantener a la tropa con la panza llena.

Entre cazuelas, ollas renegridas y comales echaron tortillas, hirvieron frijoles; vaciaron el agua en cántaros pa calmar la sed, aunque la mayoría prefirió echarse un tepache que ofrecía una buscona, a quien las viejas miraban con coraje. Yo no.

Cuando ya los aires de la tarde oscura calmaban la calor, entre risotadas y arrempujones la tropa pidió sus tacos. Una Petra de pelos blancos, que algún grado tenía, observaba cómo las otras trabajaban. Cuando me vio, gritó que qué chingados estaba haciendo, que nomás miraba, que ayudara, que pa qué me había juntado a la bola, si no. La obedecí, pues.

Mientras los soldados se tragaban sus tacos de verdolagas con dos o tres tortillas, la Petra me ordenó molcajetear chiles secos, tomates y cebolla. Con la piedra del molcajete en la mano, pensé que un revolucionario sin salsa era como un petardo sin pólvora. Dejé la piedra, agarré una tortilla, le eché la salsa y me la zampé, luego otra y otra más.

La Petra gritó con voz rasposa que, antes de tragar yo, primero tenía que comer la tropa. Me acomodé el sombrero, me mordí la lengua y le sostuve la mirada. Entre gritos de hambre que pedían más tacos y mis ojos serios, se aflojó la doña y nomás me ordenó lavar unas cazuelas donde habían preparado el maíz. Cuando la tropa estuvo satisfecha y se fue a descansar, comieron viejas y chiquillos. Al rato jalé pa donde quise.

Con el Mordidas caminando lento por detrás fui a reconocer el campamento. Había dormideros pa los jefes con catres puercos; petates pa los soldados; pa los recién llegados, si acaso sarapes piojosos. Vi a varias parejas dándose cariño y también a un soldado que se besuqueaba con una mujer ante la mirada de un chiquillo que daba pasos tropezados pos apenas aprendía a caminar.

Luego de pastar y tomar agua, los caballos se durmieron de pie. Los perros se acercaron a donde había comida, se tragaron pedazos de tasajo o tortillas que estaban por ahí tirados, se hicieron bola y se aprestaron a descansar; el Mordidas, aunque a paso cansino, me seguía a todos lados; los pájaros desde antes ya habían cantado el atardecer y se fueron a ocultar entre las ramas de los árboles en espera de la mañana para, si tenían suerte, escuchar cómo competía su canto con los tiros del ejército. Mi Ejército Libertador del Sur.

Los hombres, sea en tiempos de guerra o paz, a pesar de las órdenes de los superiores, cuando llega la noche, si tienen la panza llena, se ríen, se emborrachan, juegan, se les asoman las ganas de la carne y se dilatan en irse a dormir.

Todo eso razonaba yo alejándome pa onde hubiera menos gente, cuando entre cantos de grillos y el repicar de las chicharras, oí unos gritos apagados llenos de angustia.

El barullo de la tropa se escuchaba a lo lejos. Caminé rápido levantándome las malhayas naguas que estorbaban pa todo. Aun así, dejé atrás al Mordidas, hasta que llegué a onde ya ni fogatas ni velas había, anduve otro poco, me acerqué con sigilo y ái, entre la oscuridad de la noche, miré las nalgas de un cabrón que brillaban con los rayos de la luna. Trepado sobre una vieja, tapándole la boca con una mano, agarrándole los brazos con la otra la obligaba a dejarse hacer lo que él quería. La mujer ya ni pateaba, solo intentaba que sus gritos se oyeran. Di unos cuantos pasos más, reconocí la blusa y las naguas de la Lupe que había visto antes, oí sus gritos desesperados. Sin pensar, saqué la Casimira y le eché un disparo. Uno nomás, que cayó directo a la pata izquierda del cobarde, quien con la bota quemada aulló del susto y destanteado volteó a buscar de ónde había salido el tiro.

Como pudo, se levantó y nalgas al aire trató de correr igual que un guajolote sin cabeza, al tiempo que se subía los pantalones. Mientras daba traspiés, con voz recia lo amenacé para que no hiciera escándalo, ni volteara pa atrás. No quería que viera mi jeta. Del disparo en el campamento ni cuenta se dieron, pues a pesar de la orden del capitán unos estaban borrachos, otros dándole cariño a sus viejas y los más ya roncaban.

La Lupe se puso de pie y, quizá pensado que yo era otro cabrón, quiso pegar carrera. La pesqué del brazo. Sin acabar de comprender, con ojos entre agradecidos y temerosos miró mi cara, mi sombrero, a la Casimira, mis naguas. Al mismo tiempo que yo jadeaba, ella se puso a llorar como chiquilla, ya no con miedo sino con ese llanto que se siente luego de la tormenta. Respeté, pues, sus lágrimas que se fueron apocando hasta que se calmó.

Después de un rato, se limpió la cara, añudó sus naguas, se compuso la blusa y las trenzas. Le dije entonces que yo apenas había llegado al campamento, que era mi primera noche ái y que desde ora ningún cabrón podría faltarle, que en mí iba a tener amistad, auxilio y alguien en quien confiar.

—¿Por qué me quiere ayudar? —me preguntó—. Si algo da, algo pide.

—Nada. Nomás por ser tú, por eso.

Guardó silencio. De entre mi camisa saqué una botellita de mezcal, que me había agenciado de un soldado tartarugo a la hora de comer. Le ofrecí un trago. Luego de hacerse la remolona, bebió un poquito.

—Tons —le dije—, cuénteme por qué anda en la bola.

Se quedó como ida un rato, luego con palabras cortadas me contó que era de Taxco, que allá se había quedado su esposo, en la mina. Que era de familia de mineros, que su padre y abuelo habían dejado la vida ái, metros y metros debajo de la tierra, nomás por sacar piedras llenas de plata; plata que iba a emperifollar cuellos o manos ajenas; plata para hacer monedas que con trabajos se conseguían; pedazos de oro blanco pa hacer medallas y cadenas de hacendados o caciques.

Me dijo que apenas días antes, cuando los federales pasaron haciendo leva y todo mundo estaba asustado, entre el miedo y la tormenta que caía, su esposo, su joven esposo, que apenas pasaba los veinte años, se había quedado atrapado en el tiro de la mina. Y nadie, ni los capataces, los patrones o los compañeros quisieron ayudarle; prefirieron irse a esconder pa no ser levantados y que los obligaran a meterse al ejército gobiernista. Me contó que, entre truenos y lluvia, trató de ayudarlo, pero solo escuchó cómo sus gritos golpeaban las paredes de la mina hasta ahogarse en el silencio.

—Sin marido, ni nadie más, cuando los de la revuelta tomaron Taxco en el mes de abril del año once, me vine entre ellos para estar con gente, pa ser una entre todos, pa nunca regresar a donde mi Eustaquio duerme el sueño eterno en ataúd de tierra y plata.

Luego de contarme todo eso, poco a poco levantó la vista y me preguntó:

—Y usted, ¿por qué se vino a la bola? ¿Cómo es que sabe disparar tan bien?

—Vine por una mera locura de la edad. Por vivir una aventura como cualquier otra… —contesté—, y también porque me gusta disparar, donde pongo el ojo pongo la bala.

Le di un último trago a la botellita de mezcal. Recogió su rebozo y, escuchando el viento, caminamos un poco para alejarnos de ái. Hallamos un matorral que nos sirvió de guarida y nos echamos a dormir, ella se hizo conchita y se fue a soñar. Yo nomás me tapé la cara con el sombrero.

A pesar de todo, la primera noche que pasé en el Ejército Libertador del Sur me gustó, pos gané una Lupe que aunque sea un rato dejó de ver pa abajo.

ESCARABAJO

Cuando no hay sol, el mundo se vuelve otro lugar. Las ratas salen a buscar comida, las cucarachas pasean sin prisa, la serpiente se arrastra confiada. Los escarabajos comen mierda.

Yo, ojos abiertos sin poder dormir, cómplice de un lucero, miraba el tizne que cubría lo colorado de las mejillas de la Lupe, quien de seguro soñaba con su príncipe de la mina, pues sus labios dibujaban una sonrisa de oro y plata.

Sonreí también y respiré el perfume de azahar de un limonero solitario, pero al poco, ese aroma se mezcló con una peste rancia. Nubes cargadas de agua hicieron que la noche se oscureciera de pronto y entre las tinieblas escuché tumbos, palabras deshilachadas, pasos descoyuntados. Era el cobarde quien, dando traspiés, echó un tiro y gritó que tenía la pata herida pero no el honor. Que regresaba pa vengarse.

Ojos y oídos en guardia saqué la Casimira y disparé. La bala zumbó en el aire pero se estrelló en un árbol y provocó un chispazo de luz. El maldito se acercó echando un tiro que rozó el hombro de la Lupe, quien en lugar de correr o gritar se quedó muda, pasmada. Disparé una vez más pa darle en la cabeza, pero erré el tiro y fue a dar a su pistola, que salió volando. Aún con la pata quemada avanzó, se echó sobre mí y me quitó la Casimira, yo de un golpe hice que la soltara. Era fuerte y de peso duro. La tormenta se desató mientras luchamos cuerpo a cuerpo hasta que, estando yo debajo, me empezó a estrangular. Con fuerzas sacadas de mi coraje me quité sus manos del cuello. Mientras yo recobraba el aliento, se levantó y con lengua de borracho dijo que ora sí, que ái quedaba, que naguas no deberían defender naguas, que yo no era más que un remedo de soldado. A saber cómo agarró la Casimira,

Las fuerzas se me agotaban, por eso el maldito pudo poner su pata quemada sobre mi cara y se aprestó a disparar la pistola de mi padre. En eso se escucharon unos ladridos con rabia y apareció el Mordidas, quien haciéndole honor a su nombre le clavó los colmillos en el chamorro, luego le dio una tarascada en el muslo, otras más arriba hasta sangrarle las nalgas. Aun así el briago disparó un tiro, dos que se fueron a perder entre troncos y ramas, pero el tercero fue definitivo: le atravesó la cabeza al perro, quien echó un último aullido de dolor y quedó ái, muerto.

Con una furia que no conocía en mí, a pesar de que las naguas se me enredaban, me levanté y me le fui encima al maldito, lo pateé, le di puñetazos en la cara. La Lupe, mientras tanto, muda pero con las piernas prontas, recogió la pistola y, sin acercarse a él, con puntería cabal le dio un tiro en los huevos.

No murió rápido.

Alcanzó a escuchar el aullido que di al ver muerto a ese animal cuyo cariño traía muy dentro.

Recuerdo bien que sentí entonces como si me hubieran trozado las tripas, como si me hubiera quedado sin hígado, sin riñón.

Apreté los párpados pa no dejar salir las lágrimas, aun así unas cuantas gotas se asomaron con terquedad.

La Lupe me pasó el paliacate por la cara, recogió mi sombrero y me puso la Casimira en las manos.

Mientras la lluvia disminuía nos acercamos al cuerpo del maldito. Le escupí y lo observé con calma. A pesar de lo nublado de la noche, un rayo de luna se coló y pude mirar que un escarabajo subió por su cuello, continuó por sus bigotes, llegó a los párpados y, una vez traspasadas las pestañas, empezó a comerse uno de sus ojos.

A paso lento fuimos a onde había quedado el Mordidas, recordé su felicidad de rehilete cuando se metía a chapotear al agua y salía a secarse empapándome de contento. Intenté cargarlo pero su cuerpo mojado se me escurrió de los brazos. La Lupe, menuda, delgada, sacó fuerzas de sí misma y lo alzó. Como si hubiera leído mi pensamiento se encaminó hasta la orilla del río. Yo detrás, apenas podía dar paso. Aun así, al llegar lo cargué un poco. Lupe lo bendijo y, con respeto, lo echamos al agua. Nomás miré cómo su cuerpo negro se hundió entre redondeles, flores de agua que se formaban a cada gota que caía.

PETRA

L a Petra o Petrona, como la apodaban por mandona, era una gorda maciza, china, canosa, de trompa grande y siempre lista pa hablar y meter chisme. De rápido me di cuenta de que hacía algo más que tortear o menear y limpiar los quelites: molía en el metate frijol negro hasta dejarlo como polvo fino. Los jefes le surtían de azufre, pólvora o dinamita y ella mandaba a unos chamacos a las cuevas que estaban por onde la barranca se quebraba, pa echarles piedras a los murciélagos, sacar su guano y llevárselo, para con todo eso llenar unas bolsillas de cuero a las que les ponía trozos de fierro y una mecha pa hacer granadas, bombas de mano, pues. Eran muy efectivas, aunque nada comparado con las granadas de los federales, que hasta estuche y estopín traían y estallaban re chulo, con más fuerza.

Como era autoridad, teníamos que respetarla. A la Lupe la hacía ir al monte a buscar yerbas pa comer, a mí me ordenaba ir por el agua al pozo o cargar leña; yo la obedecía pos apenas estaba conociendo el terreno.

Además de ser mandona, tenía los ojos puestos en las vidas de los otros, así pues me di cuenta de que me mironeaba con ganas de saber. ¿Saber qué?

La Lupe y yo nos echábamos ojeadas, nos mordíamos la lengua cuando alguien de la tropa preguntaba por un soldado que nadie hallaba. Nuestro silencio se juntaba cuando un chinguero de buitres dibujaba círculos negros en el cielo y de repente uno y otro bajaban como flechas y volvían al azul con los picos rojos de sangre fresca.

Cuando el capitán ordenó que buscaran al desaparecido, un chaparro atravesado dijo que lo había visto desertar, que agarró carrera pa unirse a los federales, que alcanzó a verlo esconderse entre mezquites y garambullos y huir como cobarde. También advirtió que camino al río había una vaca muerta; dijo que nadie fuera pallá, que apestaba tanto que calaba las narices.

¿Qué sabía ese canijo? ¿Por qué había dicho eso? ¿Qué chingados quería?

HALLARSE

Cuando oía el barullo de chamacos y escuchaba ladridos me acercaba pos quería reconocer en cada hocico la nariz fría de ese compañero de saltos, carreras y preguntas. Al mismo tiempo sentía como si los ojos del maldito me calaran la cabeza, como si su peste rancia me persiguiera aun después de muerto; a pesar de todo eso, me hallé en el campamento; me gustó estar entre carabinas, suciedad, polvaredas, gritos y machetes.

Medio obedecía a la Petra, pos lo que en verdad me interesaba era ojear los movimientos de la tropa. Me acercaba por onde andaban los cabecillas, me hacía guaje cerca de ellos con harto cuidado. Así, en una desas, escuché las palabras de un coronel con cara manchada de viruela, que decía que no le cuadraba que hubiera soldaderas, viejas, ni chiquillas; mentaba que eran causa de celos, chismes, peleas entre la tropa; aseguró que no debían echarse sus mezcales, ni fumar tabaco o mariguana, menos servir de galletas a los soldados porque sus jadeos y risas alebrestaban las noches.

Mira nada más, ¿y tú qué hiciste?

En ese momento nada. Ora que estoy en la vejez pienso en todo lo que miré durante los años que estuve en la revuelta: soldaderas que corrían de un campamento al otro pa llevar correos arriesgando el pellejo; chiquillas queran hábiles pa contrabandear armas; viejas que se iban al frente y no regresaban por haber caído ante balas enemigas. Y ni hablar de las que cargaban en el rebozo a los críos del soldado.

Y a todo esto, ¿ahora sí me puedes decir por qué te fuiste a la bola?

Al principio fue nomás por una locura de la edad, pero con el tiempo al oír las consignas del general Zapata, onde hablaba de luchar por repartir las tierras, por la dignidad de la gente, porque vivieran con libertad, hice mías sus palabras.

Desde el primer día que estuve en la revuelta, pensé una y otra vez cómo emboscar, dar órdenes, encaminar a los soldados pa salir victoriosos, tener menos caídos, ganar plazas.

Y desde ese mismo primer día, me obligué a hallar el lugar onde tenían guardado el parque, pos desde que salí de mi pueblo había cargado con algunas balas, pero una bala que se dispara es una bala menos y siempre es necesario tener de más. Recorrí el campamento con ojo de águila hasta que encontré un cuarto de adobes que estaba mal cerrado. Lo cuidaba un soldado atarantado de tanto fumar yerba.

Esperé un rato hasta el momento en que se quedó dormido. Entré como tlacuache; pelando los ojos miré un montón de balas. Agarré un puñado pa que no le faltara alimento a mi Casimira. Observé las carabinas, miré su culata, su brillo. Iba ya de salida cuando vi las granadas de mano, agarré una también. Sin hacer ruido corrí de ái, casi volé pa onde estaba la Lupe que dormía como tú cuando eras niña, Ángela.

Ahora duermo mejor… igual que una angelita.

Angelita del demonio.

¡Quisieras!

La cosa fue que llegaron los días de calma chicha, de esa quietud que anuncia la tormenta, que paraliza y no deja actuar. Algunos andaban sin saber pa ónde moverse. Incertidumbre, le dicen los que conocen de palabras.

Entre las vueltas que me daba recorriendo el campamento escuché decir a los jefes que pronto se habría de tomar una plaza. Pero ¿cuándo llegaría ese pronto? A mí se me cocían las habas por estar ái entre todos esos cabrones, por ser uno con ellos. Respirar el olor de la pólvora, apretar el gatillo de la Casimira y ver las balas desafiar el viento. Me quemaban esas ansias que traía por dentro.

Siempre fuiste así, con ganas de arriesgar el pellejo, con maña para meterte donde querías. Afinar la puntería pa ganar y, si no, arrebatar.

Ey, por eso también en el campamento me iba allá por la barranca, a ver cómo los soldados con sus caras coloradas de tanto sol y guaraches llenos de agujeros se entrenaban tirando piedras a uno y otro animal que andaba por ái. Con puntería de borracho trataban de darle a un conejo, un cacomixtle, un tejón. Ni uno le daba al blanco.

En una ocasión la Lupe y yo nos acercamos, busqué un pedrusco de tamaño no tan grande. Al llegar, varias cabezas ensombreradas voltearon a vernos. Sentí sus miradas en mi cuerpo y en el de la Lupe y escuché sus risas que retumbaron en mis orejas. La Lupe se escondió detrás de mí. Entonces, desde donde estaba, levanté la mano, sostuve el pedrusco, esperé el momento preciso, apunté y disparé justo cuando brincaba entre las matas un gato montés. Le di en la mera cabeza. A saber si ya llevaba seis vidas y esa era la séptima o nomás es puro cuento ese dicho. El caso fue que ái quedó.

En vez de felicitarme, uno de los soldados, como si yo hubiera sido de los federales, agarró su carabina y gritó que las viejas nomás estorbaban, que nada tenían que hacer ái. Otro, el atravesado chaparro que ya conocía, agarró al gato montés como si él lo hubiera matado y lo alzó en señal de victoria.

Los soldados gritaron, se carcajearon y aplaudieron. A la Lupe y a mí nos echaron chiflidos.

El atravesado dijo entonces que nos chiflaran pero de otra manera, que nos quedáramos pa darles diversión; se relamió la boca y se agarró los huevos. La Lupe se me repegó con miedo. Los cabrones se empezaron a acercar a nosotros. Ni un paso di patrás. Me enderecé, acomodé mi sombrero, empuñé con fuerza a la Casimira y les sostuve la mirada.

—Qué chingados quieren —dije con la pistola en la mano. Eché un tiro directo al sombrero del atravesado, que salió nomás volando. El chaparro se puso pálido. Los demás se hicieron patrás.

—Ya vieron que tengo buena puntería —dije con fuerza.

Cuando uno se impone, los que tienen pocos huevos flaquean. Así recularon y me deshice de ellos. No pa siempre, por desgracia.

Aunque ya les había enseñado quién era yo, algo tenía que hacer pa que no me tuvieran solo miedo, sino respeto.

LA GUERRA

La guerra es así, algunos andan con la cabeza sobrada de pensamientos, otros juegan cartas, se ayuntan, se echan mezcales, tepaches, fuman, pero todos, aunque no lo digan, traen erupciones, ronchas, inquietudes por dentro.

Días de espera hasta que llega un chamaquillo escurrido de sudor y ansias con un papel salido de una retahíla de puntos y rayas, telégrafo le llaman, y los jefes se ponen serios, duros, hablan bajo, mientan pocas palabras. Algunos se alegran, pero a otros se les agüitan los ojos porque se sabe que habrá quienes verán su última mañana; que machetes o carabinas se quedarán sin dueños; que ya se tejen las palmas de los petates pa envolver los cuerpos de los que caigan o que las flores de sus tumbas, si acaso tuvieran, ya están en botón.

De todo eso me di cuenta desde los primeros días.

La Lupe y yo nos dormíamos lejos del campamento del otro lado de onde se escuchaba que los buitres rápidos pa la carroña ya quebraban huesos.

Cerca de unas matas que nos servían para orinar tras dellas, limpiamos un pedazo de tierra, pusimos palos y un techillo con unas ramas. Yo, que siempre había dormido en cama, no me amilané al acostarme en un petate que conseguí por ái, no me importó dormir bajo la luz de la luna ni tener que andar a las vivas pa matar hormigas desas que vuelan o zancudos chupasangre.

Varios noches pasamos así, hasta que una madrugada oí el sonido de un cuerno que era la señal pa que se juntaran los soldados. Paré la oreja y oí barullo, relinchos, maldiciones y la voz del general que gritaba dando órdenes. Me puse de pie. La Lupe, que se quedaba cerquita de mí, despertó con susto. Decían que ya se iban, que se apuraran, pero que alguien faltaba, que había un caballo sin jinete. Sentí entonces como si un rayo me hubiera entrado en el cuerpo, al mismo tiempo que ansias de treparme al animal. Debajo del petate estaba la Casimira, que saqué de inmediato y por ái el sombrero que siempre cargaba; me lo puse e intenté correr pero la Lupe me detuvo. Me apretó la muñeca, luego con su voz tierna me suplicó que no me fuera, que me esperara en el campamento, me preguntó que a qué iba. La miré, no le hice caso, quise pegar carrera hacia los soldados pero me echó un grito fuerte:

—No se vaya así, llévese esto —me dio su rebocillo y se quedó seria. Gritos y relinchos arreciaban.

Uno de los cabecillas mentó que le chingaran, que ese cuaco necesitaba jinete, que se trepara el menos pendejo.

Un segundo de pensar, una vida por venir. Me fajé el rebocillo en la cintura y ái mero metí la Casimira. Corrí y me trepé al caballo huérfano, sin ensillar.

—Presente —grité con voz dura.

—Ah, jijo, llegó la pinche güera hombrada —se oyó por ái. Entre carajadas el capitán ordenó que nos juéramos.

En medio de la polvareda que se levantó, sin voltear pa atrás, eché un tiro y dije:

—De pelos güeros sí, pinche no.

PRIMERA BATALLA

Picándole las costillas al caballo, que era un tordillo ágil de buena sangre, entre el canto de zanates madrugadores y unos rayos que lento coloreaban el campo, comencé el galope hacia lo que sería mi primera batalla. Reconocí el terreno y supe que íbamos pa una de las plazas más importantes del estado. Ciudad donde había peleas de gallos, corridas de toros, estación de trenes, venta de ganado, telégrafos, lo mismo que pulquerías, cantinas y, sobre todo, onde estaba un cuartel militar de los más grandes.

En las faldas de un cerro ya esperaban los chiquillos, que de avanzada habían ido a espiar a los federales y sabían cómo andaba la cosa. Ái estaba también la tropa de don Jesús H. Salgado. No eran muchos pero poco a poco se fueron multiplicando. Todavía me acuerdo de que a Salgado le apodaban el Ardilla, porque fue astuto y se las ingenió para jalar a la revuelta a campesinos, comerciantes y hasta maestros en todo el estado; ganó batalla tras batalla desde Arcelia, hasta Teloloapan y lanzó la Proclama Revolucionaria pa los hijos del estado de Guerrero. Decía que a cada soldado se le debía dar su parcela de tierra. Por eso y por su lucha cabal concordó con mi general Zapata. Lástima que murió muy joven, pos cuando andaba en combate lo asesinaron en la barranca de Los Encuerados, allá por la sierra de Petatlán. Así es la vida y la muerte del soldado.

A veces, cuando ocurren las cosas, uno ni lo piensa, pero luego, si tienes buena cabeza, reflexionas cómo se logra juntar a un chingomadral de gente pa pelear por lo que uno cree.

El caso fue que éramos cerca de mil pelados entre cabecillas y tropa, dispuestos a derrotar a la guarnición federal. Por los chamacos que fueron a espiar, supimos que los contrarios mandaron a sus mujeres y niños a esconderse y que ellos, desde temprano, se comenzaron a replegar al cuartel donde tenían provisiones y parque.

Uno de esos escuincles, el más avispadillo, de ojo avizor y orejas prestas, dijo que los lugareños, lo mismo con miedo que con ganas de ayudar a la causa, cooperaron con nosotros; le dieron pelos y señales del cuartel, señalaron ónde mero estaban sus depósitos de reserva; también dijo ese mismo escuincle, tan mugroso como listo, que con marros y machetes la gente del pueblo había escombrado el camino pa que pudiéramos tener paso franco.

Llegué, pues, a caballo y con el cuero enchinado de miedo presencié el primer disparo, fui testigo de que la gente que había en la plaza corrió aterrorizada; unos jalaron pa la parroquia, se metieron y atrancaron las puertas; otros, pa onde pudieron. El pueblo se quedó solo en menos de lo que canta un gallo. Miré cómo las metrallas de los gobiernistas rompieron fuego y cómo los soldados se zarandeaban al dispararlas. Me guarecí tras una casucha tratando de evitar que me tocara un plomazo.

Nomás oía cómo balas de los federales silbaban cerquita de mí. Es raro pero luego de un rato de combate el miedo se va y te pones a la altura. Así pues, haciéndome uno con el caballo, avancé mientras oía gritos de heridos. Los ojos se me nublaron entre la polvareda que se alzó. Esquivar balas era mi propósito; disparar la Casimira, mi objetivo. Cuando los federales se apendejaron, sin perderlos de vista, sofrené mi caballo y lo amarré a un árbol negro ya de tanta pólvora. Continué mi camino salvando disparos, ora corriendo, ora a gatas, luego pecho tierra. Nomás oía cómo, entre silbidos de balas, varios de los nuestros caían. Zumbidos, gritos y golpes secos en la tierra.

Con el temor que a veces regresa, pero también incendiados de enjundia y coraje, con un grito contenido o lanzando un ¡Viva el Ejército Libertador del Sur!, unos pocos nos acercamos al cuartel, hallamos escondrijos onde guarecernos y desde ái continuamos el tiroteo. La Casimira, siempre lista pa disparar, no me falló. Al rato todo aquello se hizo lento, como las olas cuando se regresan pal mar. Parecían gritos ahogados de metrallas que cantaban desalmadas. Poco a poco, los fogonazos se fueron haciendo rápidos, como la ola que se levanta, hasta que se volvió un rugir, un tronar endemoniado. Todo era peste a pólvora y carne achicharrada.

A salto de mata fuimos ganando posiciones; los federales comenzaron a replegarse hasta que los obligamos a retroceder. Desde que estaba en el campamento me agencié una bomba desas que tenía el atarantado en la bodega. Me acerqué al cuartel arrastrándome con dificultad ya con la ropa toda rota. Detrás de una piedra, saqué la bomba, encendí la mecha y la aventé a los contrarios. Tuve suerte al mirar cómo explotaba e incendiaba el cuartel que tenía reservas de pólvora, vi cómo entre llamas brincaban pedazos de manos, piernas, sangre de soldados enemigos.

Desde entonces traigo esa imagen en la cabeza, la veo clarita, como el día que ocurrió, y todavía siento un dolor canijo y orgullo también. Dolor porque matar no es cosa fácil, algo se te descompone en la cabeza pa siempre. Orgullo por ser cabal y luchar por lo que uno defiende.

Luego de la explosión se vino una calma donde nomás se oía el correr del viento y los gritos de dolor de los heridos.

Pasada la tarde los gobiernistas se rindieron ante el general Figueroa, que era el jefe de la operación.

En nuestro ejército hacerse de armamento no era tan fácil, pos escaseaban los billetes y estábamos muy lejos de la frontera que era donde se conseguían; por eso en cada plaza ganada, era de ley hacerse de parque y armas.

Con las chispas del fuego todavía saltando, agarramos varios prisioneros, luego nos metimos al cuartel pa sacar carabinas, fusiles y hasta cosas finas, chacós, botas, lo que cada quien quisiera. Era un cuartel grande, macizo, bien construido. Detrás había cuacos asustados, que hasta ensillados estaban. Eso me dio gusto pos hallé una silla de montar que me cuadró bien y que conservé durante un buen tiempo.

Hubo bajas de los dos lados. De rápido eché un ojo para tantear cuántos fueron. Murieron varios de los federales, pero entre nosotros, aunque ganamos, hubo más caídos.

Mientras algunos de los nuestros se metieron al cuartel y azotaban muebles quemados y agarraban monedas y billetes, otros se largaron a la cárcel pa liberar presos que rápido se unieron a la bola. Yo me fui a ayudar a los heridos. Las calles estaban negras de pólvora y corrían hilos de sangre como riachuelos en tiempos de aguas. Miré todo escuchando ecos desgarrados.

Había un federal caído al lado del coronel de los bigotes de chino que vi morir, y a quien no pude ayudar. Aún en medio de la matazón, hay cosas que se piensan, pos recuerdo que me pregunté si los dos se irían al mismo infierno.

Ái cerca reconocí a uno que había visto querenciarse con una soldadera en el campamento. Estaba tirado pero vivo, sangraba de una pierna y del hombro. Me miró, me pidió ayuda sin hablar. Actué rápido, rompí las mangas de su camisola y con la tela le apreté el hombro, le quité los pantalones y le amarré la pierna con la otra manga pa tratar de parar el sangrado. Estuvo difícil pues traía varios plomazos dentro. Con mucho esfuerzo levantó su brazo y se arrancó un escapulario que llevaba al cuello; con voz que apenas escuché me dijo que se lo entregara a su vieja, de nombre Edelmira, pa que cuidara a su chamaco que apenas estaba dando sus primeros pasos.

—Se los encargo a Dios y a usté —dijo con un hilito de voz. De rodillas, junto a él, le prometí que no me olvidaría de ella ni del chiquillo. Se me quedó viendo con ojos de súplica. Echó su último suspiro.

Oí gritos que ordenaban apurarse pa regresar al campamento. Como si estuviera fuera de mi cuerpo, me miré ái junto al caído. Mi cabeza apenas comprendía lo que estaba pasando. Tantos muertos de un jalón y el cielo lleno de nubes como si nada hubiera pasado. Entre quejas y sufrimiento de los heridos, miré al difunto, su pantalón, sus botines. Toqué la ropa que yo traía puesta y que estaba casi deshecha; sin saber por qué terminé de romperla. Seguí un impulso que me ganó, un impulso más fuerte que yo. Agarré las cosas del soldado y me puse su pantalón, su camisola sin mangas, sus botines, grandes para mis pies, pero no me importó. Me cinché con el rebocillo.

Un rato estuve así, tratando de entender lo que había ocurrido, lo que había hecho durante la batalla y en ese momento. Las nubes se movieron y dejaron pasar un rayo de sol que me hizo reaccionar. Grité entonces que tenía una baja. Llegaron uno, dos, tres soldados. Reconocieron al muerto. El primero le echó una bendición, el segundo no hizo nada y el tercero le dio unos golpecillos de cariño en los cachetes. El que no había hecho nada detuvo sus ojos en mí, en la ropa que yo traía. Sin decir nada, lo miré de frente.

—Ámonos, no hay nada más que hacer —ordenó.

El difunto ái se quedó con los ojos abiertos, tal vez mirando pa ese cielo indiferente. Antes de irnos, con el escapulario bien apretado en mi mano, pedí por su alma de padre y esposo.

Cerquita había un federal caído, con un escapulario también. Es curioso, unos y otros les rezamos a los mismos santos. A saber de qué lado estaría la Corte Celestial, ¿de los federales?, ¿de los revolucionarios?

Ya de tarde, cuando nos juntamos en el monte, el general Salgado preguntó que quién había aventado la granada, la bomba de mano que nos dio ventaja.

—Yo.

—¿Y quién es usted?

—Robles —respondí y eché un escupitajo rojinegro de sangre y pólvora.

—Soldado primero —dijo el general en voz alta, otorgándome un ascenso. Mientras varios me voltearon a ver, sentí un *íntimo decoro*.

DE REGRESO AL CAMPAMENTO

Aventarse a lo macho, esquivar tiros, agazaparse, arriesgar la vida, calcular el disparo, alzarse con la victoria y cacarearlo fue la guerra pa mí, pero también dolerme por mirar caras chamuscadas, espaldas agujereadas de los que cayeron en el campo de batalla, de los que ni suerte tuvieron pa alcanzar un petate que envolviera su cuerpo tieso, de los que se quedaron nomás tirados de cara a las nubes o a la tierra.

Mientras que la mayoría de la tropa permaneció en la plaza que ganamos, a algunos nos mandaron de regreso al campamento, acarreando heridos y cansancio. Fue largo y pesado el camino, la calor se ensañaba con nosotros, provocando sudores y sed. Ni las patas de los caballos, ni los pies de uno querían obedecer. Los ojos me picaban por haber estado entre tanta humareda y quemazón.

Delante de mí, montados en sus cuacos, iban unos tenientes o capitanes, no sé, que con golpes y dolencias algo mentaban que me hizo parar la oreja; oí palabras salidas de uno dellos que decía que el problema era que las soldados no eran pa la guerra, que llevaban problemas y mala suerte, que, si no, por qué fregados hubo más bajas a pesar de haber ganado. Que los grados no se daban así nomás, que esa no merecía el ascenso.

"De mala suerte son los cobardes, los que tiran la piedra y esconden la mano, los que hablan por detrás", pensé, y aunque caliente de coraje hice como que no escuché nada, pero, eso sí, sus palabras se me encajaron en la cabeza igual que las espinas de un nopal.

Como soy de buena oreja, además de eso oí a un soldado medio viejo que con dificultad y entre quejidos trataba de que su cuaco avanzara pos nomás no quería. Me detuve, el viejo tenía herida una mano. Le ofrecí ayuda. Revisé los cascos del animal y le hallé una piedra incrustada, se la saqué de rápido. Se la aventé a uno de los que había escuchado, no pa pegarle, nomás pa rozarle. El muy pendejo ni cuenta se dio. Le pegué unas nalgadillas al caballo, le amarré un lazo y lo junté a mi tordillo, que estaba negro de tanta pólvora pero entero. Avanzaron ambos animales y como amigos los cuatro continuamos el camino. Ái íbamos a trote muy lento cada uno arriba de su cuaco.

Creo que el viejo sintió el coraje que llevaba en la cabeza, así que durante el trayecto me platicó cosas que me ayudaron a sosegar, cosas dél.

Me confió su nombre, Eulalio. Me contó que nació en Jalisco y se instruyó militar, pero que en un viaje que hizo a la mera capital, dando vueltas a la Alameda, los cadetes para un lado, las muchachas pal otro, conoció a una Chata que era chilpancingueña y de quien se enamoró como idiota. Así lo dijo él. La Chata, que lo traía de un ala, luego de verse varias veces junto a una fuente y comer algodones de azúcar entre música de cilindros, aceptó sus amores y pidió bendecir su noviazgo en la Villa. Para dar el sí definitivo, le puso varias condiciones: ir al Teatro Principal a ver a la gran cómica Chole Álvarez; pasear en el tranvía eléctrico de Chapultepec a Tacubaya; regresarse en el tren de México a Cuernavaca. Una vez cumplido lo anterior, pidió celebrar el casorio en la parroquia de Chilpancingo y quedarse a vivir en nuestro estado.

Eulalio a todo dijo que sí y hasta consiguió su traslado a las tropas federales de Guerrero. Con cuidado de que nadie lo oyera, me confesó que la mujer era voluntariosa y rejega. Pensé que de seguro le tenía miedo a su vieja, pos las únicas orejas cercanas eran las de los cuacos. También razoné que a veces se cuentan cosas a quien no se conoce para sacarlas, para echarlas y que alguien oiga, nomás pa sentirse tranquilo, en calma.

—Cuando uno está enamorado se doblan las manitas, se echa el rabo pabajo, aunque con ganas de echarlo parriba —me confesó Eulalio con una carcajada—. Por eso nunca quise contradecir a mi Chata por más locuras que hacía o pedía. Así vivimos muchos años en estas tierras surianas, hasta que un día se me fue.

¿Murió?

No, qué va. Lo dejó por irse con un general de división. Eulalio desertó de los federales y se unió al Ejército Libertador del Sur. Lo aceptaron bien, pos así como le faltaban calzones con la esposa, fue bravo en el ejército. Y no lo invento yo, él me lo contó.

Entre tantas palabras, también mentó algo que me duró en la cabeza mucho tiempo y que entendí con el paso de los años: "Antes que vencer al enemigo uno tiene que vencerse a sí mismo; óyelo bien, güero canijo".

Al oír esas palabras me cimbré por dentro: "güero canijo", me dijo.

Luego me contó que le sabía a las letras porque había ido a la escuela en Zapotlán el Grande, su tierra; que su nombre Eulalio le gustaba mucho porque traía las cinco vocales y que se contentaba con escribir lo que le pasaba a la gente en el campamento, en la tropa, en las batallas. Historias ajenas, no las propias, me aclaró.

—Haz lo mismo tú —mentó con su voz cascada.

Me acordé de mi tía ía, quien varias veces me llamó "hijo canijo", al tiempo que sentí aprecio por ese viejo y pensé que sí, que era buena idea anotar, llevar registro de los hechos. Éramos muy pocos los quen el ejército, sabíamos leer y escribir. En ese momento decidí hacer una bitácora con *mi puño y letra.*

Antes de llegar al campamento se puso a chiflar y me dijo que, además de alegrar, el chiflido sirve mucho en las batallas. Ante el peligro, así se puede comunicar uno, chiflar o imitar los sonidos de animales y tecoloteó tres veces.

—Uh, uh, uh —eso sirve pa decir "aquí estoy".

Tecoloteé tres veces como respuesta y luego me eché un chiflido largo.

—¡Hasta parece que naciste pa la batalla! —me dijo.

Eché otro chiflido jubiloso y nos reímos los dos. Cuando por fin llegamos al campamento, un poco después de toda la tropa, pos íbamos hasta atrás, me caló el dolor en las piernas pero pude seguir. Vimos la alegría de niños y mujeres que abrazaban a sus soldados, oímos palabras de gusto por recibir a los caballos bien comidos que habían sido de los federales, así como provisiones y parque sacados del cuartel. Se oían también gritos desgarrados de las nuevas viudas, de los nuevos huérfanos, así como oraciones y palabras de consuelo para ellos.

Saludé a la Lupe de lejos, quien corrió a encontrarme. Me bajé del tordillo con ganas de abrazarla pero cuando estuvimos cerca y me vio, se echó patrás.

Me le acerqué. Un rato estuvimos frente a frente. Observó pantalón, camisola sin mangas, botines.

Sentí que algo dentro della se descompuso.

—Lo que ves es lo que soy.

Destanteada se puso cabizbaja, igualito que cuando la conocí. Eulalio, que estaba trepado en su caballo, metió su cuchara y dijo:

—Cada quien ve lo que quiere ver —y se encaminó a donde había mujeres con yodo y medicinas, que lo ayudaron a bajar del caballo.

Miré a la Lupe a lo derecho.

—Ya soy soldado —dije con orgullo.

Me devolvió la mirada echando las cejas parriba.

—Soldado Robles —repetí.

El cielo tronó a pesar de no haber nubes. Entonces ella sin decir nada se me acercó, me quitó el rebocillo que me había regalado, que traía como cincho y estaba lleno de tierra y sangre.

Sin hablar, la Lupe caminó hacia el río. Fui tras della. La noche temprana estaba iluminada pos había luna llena. Ya en la orilla, se puso a lavar el rebocillo, luego levantó la cara y me dijo:

—Apesta usted pior que un zorrillo —y echó una risa. Yo también me reí y pesqué la razón por la que me dijo eso.

Me quité el sombrero, los botines, me saqué los pantalones y la camisola. Dejé a la Casimira junto a un árbol que tenía raíces entre la tierra y el agua.

Cuando uno está en la batalla no siente los golpes, las ansias de ganar los ocultan. Después la carne se empieza a poner morada, negra de luto, los raspones se asoman, las heridas se hacen presentes y las cortadas piden ayuda.

Tenía manchas de sangre enemiga que se confundían con la propia, así como con la de aquel que murió viéndome a los ojos. Me toqué piernas, brazos, todo el cuerpo. Eso de arrastrarse pecho tierra me había calado el frente, que me ardía como brasas.

Estando ái en la orilla del río descubrí el reflejo de mi cuerpo desnudo y me quise quebrar al preguntarme por qué. Como si la corriente del río se hubiera detenido estuve un buen rato ái nomás mirándome, hasta que las palabras del Eulalio rezumbaron en mi cabeza. Cerré los ojos, me vi en la batalla, en el ejército, entre soldados y generales, me mordí la boca con fuerza, di unos pasos, me metí al agua sumergiéndome varias veces. Me tallé con ganas para quitarme sangre, pólvora, tierra, así como la pregunta y la duda que me asaltaron en ese momento y que, pa decir la verdad, regresaron otras veces y me hicieron boquetes, plomos en las entrañas, pero desde ese momento me enseñé a taparlos.

Así empezó mi lucha por vencerme a mí. Antes que nadie a mí, pa poder ganar.

Mientras me tallaba los brazos, la Lupe se sacó los guaraches, las naguas, la blusa y los dejó por ái. Apenas la vi, pero me fijé que con calma metió pies y piernas al río, poco a poco se fue adentrando. Cuando estuvo completita en el agua, sentí un temblor por dentro, una chispa, un golpecillo entre las piernas. Humedad dentro del agua. Tuve miedo. Me mordí la boca por segunda vez y traté de ir hacia ella. Solo pude dar un paso. No más. Suficiente para bañarnos en el remanso del mismo río.

Salimos con las caras coloradas, no de vergüenza, sí de volcán. Me puse el pantalón, ella con recato se puso las naguas, la blusa, los guaraches y caminamos pa irnos a dormir.

A la mañana siguiente apenas cantó el gallo, la Lupe me miró y dijo:

—Póngase esto —y me dio el rebocillo, mismo que me cinché pa apretarme el pantalón y acomodarme la Casimira.

—No, póngaselo arriba.

—¿Arriba?

—Ahí donde tiene todo magullado —se me acercó, me quitó el rebocillo de la cintura y con él me envolvió espalda y pecho.

—Ora sí. Ya puede ponerse la camisola, mi soldado, aunque le falten las mangas.

Luego de unos días mis pechos se curaron de heridas y ardor. Desde ese momento me los enrebocé o me los apreté con telas durante muchos años. Así se acostumbraron a estar callados, silencios. Sin estorbar en las batallas.

Ni después.

ESCAPULARIO

Anduve con un contento grande como si me hubiera quitado de encima una sombra, como si la hubiera dejado en la batalla entre los caídos y la sangre. También sentí la alegría de haber logrado razonar y correr al mismo tiempo, de encender la granada y echarla con precisión para, luego del combate, levantar la frente y celebrar el triunfo.

Mucho tuvo que ver la Lupe, que me miró con ojos limpios y me regaló algo que me sirvió por años: el ingenio pa usar el rebocillo arriba. De igual modo, me sentí bien por el encargo del difunto pa que le llevara a la mujer y al crío su escapulario, así como haber conocido a Eulalio que resultó bueno pa saber de las cosas que uno trái por dentro y reconoció en mí al canijo que desde siempre he sido.

Luego de reportarme con el teniente, aproveché el reborujo y me fui pa onde andaba la Lupe. Como tengo buena memoria y sé honrar la palabra, le conté acerca de la promesa que le hice al difunto y nos fuimos, pues, a buscar a la Edelmira. En el camino, me preguntó por qué traía esa voz tan rasposa.

¡A lo mejor fueron los gritos en la batalla o los aires fríos de las madrugadas!

Ey, el caso fue que pregunté a unas soldaderas que estaban aceitando carabinas y comadreando si sabían de una tal Edelmira con chamaco que apenas caminaba. No me dieron razón, pero me miraron de arriba pa abajo y en cuanto me voltié regresaron al chisme.

Luego pregunté a unos escuincles, que estaban metiendo en unas cubetas montones de frutos con patas, o séase hormigas chicatanas, pa luego llevarlas al comal. A puras risas uno me gritó: "No conozco a ninguna Edelmira, sargento".

Chamaco loco, yo no era sargento. Todavía.

Pregunté a unos soldados que fumaban yerba a la sombra de un árbol. El más alto dellos me vio con cara de interrogación y luego de un ratillo mentó que sí sabía a quién buscábamos. Que conocía a la Edelmira mejor de lo quél quisiera. Echó un suspiro y dijo en voz muy baja: "Por ella ando entre la bola", dio una fumada y me volvió a ver con cara de ¿qué, pues?

Le dije que le llevaba el último recado de su esposo, quien había caído en batalla y le mostré la carabina. Echó una mínima sonrisa, le pidió a uno de sus compañeros la botellita de mezcal, se la guardó en el pantalón y agarró patas, nosotros detrás, hasta llegar a un jacalito hecho con ramas, donde estaba una mujer sentada en la tierra.

El soldadón se inclinó pa saludar, pero ella ni se movió, solo peló los ojos mirando la carabina y a mí, como si presintiera algo. Me presenté con ella. Le dije que su esposo, antes de morir, me había pedido que le entregara escapulario y carabina. La mujer se puso más pálida que una aparición, se levantó, me agarró las manos y se soltó a chillar. Junto a ella estaba un chiquillo que, haciendo equilibrio, pos apenas empezaba a dar pasitos, se fue a agarrar de sus naguas. Tenía los cachetes gordos y colorados como la bandera nacional. Luego de un rato largo ya sin lágrimas me dijo que la ayudara con el crío. Cargó al chamaco y nos lo enseñó; el cachetón, al contrario de su madre, nomás me vio, empezó a querer jugar. Recuerdo que hasta encontentó el momento aquel, pos todos nos reímos con sus gracias. El pobrecillo aún no comprendía que perdió a su padre sin haber podido aprender nada dél, sin saber defenderse, disparar la carabina o mentar madres.

A Edelmira, como si en el nombre llevara la penitencia, se le miraba lo que sufría, así como la falta de comida, pos parecía una perra de esas flacas acabadas de parir. Se le veía el cansancio de malcomer y maldormir. Mentaba palabras tristes por haber perdido a su hombre en campaña, por no volverlo a ver y nos preguntaba qué iba a hacer con el chamaco en medio de la revuelta. Luego de un rato, en el que respetamos su dolor, ya más calmada, agarró la carabina, la sobó con ternura, la limpió con su saliva y le dio un beso. Al poco tomó el escapulario pa ponérselo al chiquillo, pero justo en ese momento el soldadón habló:

—¿Cómo le va a poner el escapulario si todavía trae el pecado original?

—Sicierto —dijo la Lupe.

Edelmira nos miró, volviéndose a entristecer.

—Antes de ponerle el escapulario hay que bautizarlo.

—Pero si aquí ni hay curas. Todos están con los federales —musitó Edelmira.

—Te doy la razón, pero... hay que bautizarlo, aunque sea por la ley del ejército —dijo el soldado alto, flaco y barrigudo.

Me quedé en silencio preguntándome cómo sería eso. Miré a los demás que estaban igual de desconcertados que yo, hasta que a lo lejos se oyeron varios rebuznos y entonces el soldado dijo:

—En tiempos de guerra la ley del ejército vale pa todo, los santos sabrán comprender la urgencia. Este niño necesita un padrino y aquí estoy yo mero dispuesto a serlo.

Edelmira se le quedó mirando muy fijo, negó con la cabeza.

El soldadón suspiró.

Luego a ella le brillaron los ojos y, sin más, desembuchó lo que estaba pensado.

—Usté será el padrino.

—¿Cómo? No, pos no —dije yo.

—Sí —dijo ella—, tiene que ser el padrino porque mi señor nos encargó con asté.

—Pero... yo no.

El soldadón habló:

—¡Yo puedo ser padrino, Edelmira!

Edelmira lo calló nomás mirándolo, sin decir palabra. El soldadón subió los hombros, se conformó, dio un trago a la botella de mezcal y sacó una armónica vieja de la bolsa de su pantalón, tocó tantito y la volvió a guardar.

La Lupe metió su cuchara:

—Padrino y compadre, cómo de que no. Este arroz ya se coció.

—No. Eso no es posible —dije levantando la voz.

—El chamaquito, a falta de padre, necesita padrino —intercedió la Lupe.

—Que no —grité al tiempo que echaba las cejas parriba y pabajo, tratando de decirle a la Lupe que no metiera la pata. Entonces el soldado alto, flaco, barrigudo y resignado volvió a hablar:

—Que sea el padrino, por no poder.

—¿Por no poder qué? —pregunté.

—¡Por no poder ir a la iglesia en tiempos de guerra! Como le dije, los santos van a entender. Ya cuando sea posible que lo bauticen como se debe, pero de mientras cúmplale lo que le pide la recién viuda, pa poder ponerle el escapulario al huerfanito y que se le salga el demonio. No vaya a ser que saque chispas —aseguró.

—¡Que no puedo! Comprendan —afirmé.

—Apiádese de mijo —suplicó la Edelmira.

—Que sea por el niño, la viuda y por el recuerdo del muertito —dijo la Lupe.

—Ta bueno. Me convencieron, será por única ocasión y que el Altísimo nos perdone.

—Nuestro señor es piadoso y comprenderá que entre tanta batalla y sanquintín hay cosas que se tienen que hacer —dijo el soldadón.

—¿Y cómo se va a llamar el niño? —preguntó la Lupe, contenta.

Mirando a todos, Edelmira levantó la voz y con orgullo dijo:

—Espiridión, igual que su padre.

Repetí que iba a ser el padrino con la condición de que tan rápido como se pudiera lo bautizaran con un cura y agua bendita, que mi grado de padrinazgo fuera nomás honorario. "Capaz que me condenaba", pensé pa mis adentros. Edelmira me miró como si leyera mis pensamientos y mentó que no me preocupara, que por los rumbos del Carrizalillo conocía un padrecito joven que estaba del lado de la revolución y que nos iba a indultar a todos pos entendería la urgencia del bautizo.

Por dentro sentí que nomás me estaba dando por mi lado y le eché unos ojos de pistola a la Lupe por andar de encandiladora de almas. Nunca me imaginé que fuera así de aventada para esas cosas.

Cargué al crío, le desié que creciera con bien, que fuera derecho y cabal, le eché mi bendición y le dije que tenía un ángel en el cielo que siempre lo cuidaría y que en la tierra podía contar conmigo; que por la gracia de Robles, soldado primero del Ejército Libertador del Sur, o séase yo, quedaba bautizado con el nombre de un santo, bueno y milagroso, san Espiridión.

El soldadón destapó la botella de mezcal, le dio un trago, luego me la pasó, bebí también; enseguida sacó una libreta muy pequeña con nombres y figuras de santos, leyó:

—San Espiridión, el Abofeteado, fue un hombre sencillo que se ganó la vida como pastor, socorrió a los enfermos, protegió a los huérfanos, alivió a los endemoniados y comparte con san Pascual bailón, el patrón de la cocina…

Ái yo intervine y dije:

—Comparte el gusto por menearse al compás de una canción.

La Lupe, como yo lo había hecho antes, movió las cejas parriba y pabajo, y se puso el dedo índice frente a la boca. Tomé un trago y le pasé la botella.

El soldado pidió al cielo permiso para el bautizo, persignó, bendijo al niño y me dijo que le pusiera el escapulario. Así lo hice. De luego, la Edelmira me abrazó y, dándome las gracias, gritó:

—¡Viva mi compadre el soldado primero!

El cachetón, como si hubiera entendido, se puso muy contento, movió sus patitas y sus brazos con alegría y se echó unas carcajadas igual que unos peditos. Me acuerdo bien porque rápido le devolví el niño a su madre, más porque sentí calientito en las manos y me olió feo que por otra cosa.

La botella había regresado a manos del soldado quien brindó por el recién bautizado, mientras Edelmira con lágrimas de felicidad se fue a limpiarle la caca al niño con unos zacates.

El soldadón, que resultó llamarse Tranquilino, sacó una vez más la armónica que a pesar de estar medio oxidada sonaba bastante bien; la empezó a tocar y se armó la fiesta. Edelmira sacó unas tortillas y las puso a totopear en el comal. Le hinqué el diente a una y lueguito, ya servido de mezcal, le canté al niño una canción que se oía mucho por aquella época.

La cucaracha, la cucaracha
ya no puede caminar,
porque no tiene, porque le falta
mariguana que fumar.
Una cucaracha pinta
le dijo a una colorada:
quien se meta con mi ahijado
se lo lleva la chingada.

Saqué la Casimira, la levanté y brindé por el niño. La Lupe se alzó las naguas y se puso a dar de vueltas, bailando tan contenta como un girasol. Edelmira me dio a cargar al cachetón, yo lo tomé fijándome que no estuviera cagado, él se echó unas carcajadas y ni un pedito. Tons brindé por mi ahijado, "por no poder". Todos nos reímos. Una vez más Tranquilino pasó la botella y Edelmira unas tortillas duras, que nos comimos con gusto, pos ya teníamos mucha hambre.

En eso estábamos cuando oímos gritos y barullo, gente que escapaba, que decía que huyéramos, pues un contingente de los federales había dado con el campamento y se nos venía encima. Sin pensar, corrí con el chamaco en brazos.

EL CERRO

Al tiempo que corrí, grité que me siguieran mientras la Lupe se encomendaba a santa Prisca, patrona de su pueblo; oí lamentos y plomazos, metrallas que no dejaban de sonar, así como los chillidos del niño junto a mis orejas. Edelmira gritaba que no soltara al Espiri, que lo cuidara. Avanzada la carrera, alcancé a escuchar un quejido y luego un golpe sordo.

Sin pensar más que en proteger al chamaco, me fui pal cerro, pero cuando me di cuenta ya íbamos nomás el niño y yo. A causa de la trifulca, nos desperdigamos todos. Seguí parriba cargando el chamaquillo con un brazo, mientras que con el otro me abría paso entre los matorrales. Me ocultaba tras los árboles o me encogía pa que no nos fueran a alcanzar los disparos de los gobiernistas que tiraban a todo lo que se moviera. Por suerte la criatura chillaba quedo.

Continué subiendo. Cuando los tiroteos se oían ya muy lejos y se confundían con el canto de las cigarras, mero arriba del cerro sentí que por fin estábamos a salvo. Abracé al chamaco con calma y angustia. Él se me repegó al pecho. Lloró. Sentí miedo.

Batallar con ese chamaquito y a la vez conmigo, fue más difícil que huir de los federales.

Respiré hondo.

Exhalé.

Con una quebrazón por dentro y, a pesar de que la duda otra vez me caló, volví a respirar. Luego de un rato que me pareció más largo que los veintitantos años que yo tenía, lo miré de frente y le prometí que lo iba a llevar con su madre.

—Aguántese, confíe en mí —le dije.

Como si hubiera entendido, dejó de llorar. Por fortuna hallé en la bolsa de mi pantalón algunos pedazos de las tortillas que habíamos comido antes. Le di unos cuantos que el chamaco mordió gustoso con sus dientecillos de leche.

La noche avanzó al tiempo que nubes oscuras cubrían aquel cielo sin luna. Pasado un rato, miré pabajo, vi cómo el fuego consumía el campamento. Llamas muy altas se dibujaban entre los árboles y devoraban todo lo que había. Con un temor que no había conocido hasta ese momento, me pregunté si estarían vivos la Lupe, la madre del niño, Eulalio, mi gente.

Observé una explosión con la seguridad de que era el cuarto donde se guardaban carabinas, bombas de mano, municiones, cananas. Me sentí desolado y a la vez tuve coraje de impotencia contra ellos y contra nosotros, por habernos dejado atacar así.

Desde lo alto, los federales se divisaban chiquitos. Así pues, aunque la oscuridad estaba dura, miré cómo agarraron parejo pa destrozar; cómo celebraron su victoria con antorchas minúsculas y se fueron montados en sus cuacos que, vistos desde lo alto, parecían caballos de feria.

Mi ahijado me apretó un dedo con su mano tierna, fijó sus ojos en esas hogueras que se levantaban como luminarias, lagrimeó un poco en silencio. Eran lágrimas valientes, diría yo. "Nació en la guerra, soldado será", recuerdo que pensé y le apreté la mano porque de alguna manera yo estaba igual quél.

Pasaron horas y el frío de la madrugada se hacía recio. Tapé al chamaco con mi sombrero. Se lo puse, pues, pa que no se le enfriara la mollera.

Yo conocía el terreno, aunque no tan bien como quisiera, pero me las ingenié pa hallar veredas, caminos, atajos e ir en busca de los míos. De algo me sirvió ser tan pata larga desde la niñez, así como andar husmeando los lugares cercanos cuando llegué al campamento.

Con el chamaco al brazo, quitando ramas y salvando obstáculos bajé sin caer ni tropezar.

Casi sin esperanza, pero con el Espiridión mojado de orines, oí gritos que pedían ayuda cerca de un peñasco. Rápido atravesé una enramada. Vi que uno de los nuestros estaba a punto de caer al vacío. Se sostenía de una piedra con ambas manos. Dejé al Espiri en el zacate a buena distancia. Con el cincho me amarré al tronco de un árbol y agarré de los brazos al que estaba en peligro. Jalé con fuerza hasta que estuvo a salvo.

Cuando lo vi me eché patrás y casi lo devuelvo a donde lo hallé pa que se fuera al barranco. Era el Atravesado ese que sabía lo que pasó con el borracho cobarde, el que inventó lo de la vaca muerta; tenía una pierna sangrante y respiraba con dificultad, pero poco a poco se fue recobrando. Mientras yo me apretaba el cinturón me miró bien, vio al Espiri. Con coraje en la boca y dolor en el cuerpo mentó que así mero debía ser. Que me quería pa él, que había de cargar un chamaco propio. Echarlo en la espalda, en el rebozo, que qué hacía con esa camisola, con ese pantalón.

Guerra en medio de la guerra, chorreaba sangre y escupía mierda.

Con la cabeza caliente de muina lo miré, quise sacar la Casimira, darle un plomazo, matarlo ái, echarlo al abismo, pero no lo hice. A saber por qué.

Me fijé que el Espiri estuviera bien y, sin decir nada, agarré al Atravesado del pescuezo; con el puño izquierdo le acomodé un guamazo que lo hizo cimbrar y echar un grito ahogado, luego le di otro de pilón, nomás por gusto. Enseguida le quité un paliacate quél mismo traía y le apreté la herida de la pierna pa que dejara de echar sangre. Se retorcía sin querer dejarse ayudar, pero tenía ya pocas fuerzas, aun así mentó más sandeces.

Me fijé bien dónde andábamos, qué árboles había por ái, a qué altura del cerro estábamos, junto al peñasco grande.

Desde el suelo, sus ojos reflejaron una centella que rompió la oscuridad. Con voz muy cansada, pero tan terco como una cabra, dijo:

—Mátame.

—Yo no soy de la calaña que usté piensa que soy —respondí.

Mientras, yo miré cómo del paliacate salían gotas de sangre y se regaban poco a poco en la tierra seca. Él siguió diciendo palabras cobardes, ruines, retorciéndose en la tierra como tlaconete.

Ya era de madrugada. El Espiri empezó a berrear, lo cargué y continuamos yendo pabajo entre los ojos de tecolotes que giraban la cabeza al vernos y aullidos de coyotes ganosos de carne o amores.

Al rato, escuché voces apagadas que mentaban palabras cortas:

—Por aquí.

—Cuidado.

—Ámonos.

—A callar.

Recordé lo que me había dicho Eulalio acerca de cómo comunicarse en las batallas.

Eché uno que otro chiflido imitando el canto de un pájaro nocturno. Nada. Ni una respuesta. Seguimos bajando del cerro un poco más y silbé con ese chiflidito que yo me había enseñado a hacer cuando chiquillos. ¿Te acuerdas, Ángela? Ese que nunca pudiste lograr.

Cómo no me voy a acordar si hasta se me puso la lengua roja de tanto intentarlo y nada que pude.

Entonces paré la trompa y ululé tres veces tres, igual quel tecolote.

—Uh, uh, uh.

Oí una respuesta y, guiándome por aquellos sonidos, reconocí de dónde venían. Niño al brazo, caminé hacia allá. Entre las sombras de la noche reconocí la silueta de Eulalio. Arrecié el paso. Al poco rato estábamos frente a frente. Me miró, vio al Espiri y dijo:

—Empezar la vida en medio de la guerra.

—Empezar a vivir, en medio de la guerra —menté.

Se escuchó el largo aullido de un coyote.

Eulalio se acomodó en una piedra y, como si los federales pudiesen oírlo, habló:

—Ora si nos agarraron de los güevos; nos atacaron cuando no estábamos preparados, cuando celebrábamos la toma de Iguala.

"La toma de Iguala y el bautizo de mi ahijado", pensé. Le dije que habíamos hallado un soldado más arriba, un soldado herido. Le di pelos y señales del mero lugar. Subiendo por el sendero tal, luego de la enramada, a un lado del peñasco grande. Mientras yo recordaba con satisfacción cómo las gotas de sangre salían del paliacate con lentitud, contestó que mandaría a alguien que lo ayudara. No dije más.

Al rato el Espiri demostraba el poder de su garganta, lo que me hizo recordar la urgencia de hallar a su madre y, por supuesto, a la Lupe.

Bajamos pues y oímos unos gritos que pedían ayuda, gritos agudos que reconocí muy bien. Corrí. Entre la sombras y el frío de la madrugada reconocí a la Lupe, que estaba lastimada, negra de ceniza y chillaba de miedo. Le limpié la cara, le toqué los brazos, las manos. Me fijé que estuviera completa y luego nos abrazamos largo. Lloramos los tres, ella, yo y el niño. Olía a chamusquina y traía el susto en todo el cuerpo. Poco a poco se recuperó y aluego acunó al chamaco, quien sosegó su inquietud.

Eulalio me ordenó que fuera tras dél, nos internamos entre los árboles, onde la oscuridad se hacía más recia y la piel se helaba. Como tecolote, ululó tres veces, tres.

Oímos respuesta. Me pidió que me encaminara hacia donde salían los sonidos. Crucé la espesura, hallé a dos soldados meados de susto, pero enteros. Los reconocí como aquellos que habían hablado de mí en el camino de regreso al campamento. Miré su pavor, me les paré enfrente pa que me vieran bien. Ni hablar podían. Les dije que estaban a salvo, que caminaran conmigo. Callados, como borreguitos mansos, siguieron mis pasos hasta que llegamos a donde nos esperaban los otros. Valían tan poco que nomás los vi con desprecio.

Eulalio tomó las riendas del grupo. Mandó hacer todo en silencio, con disciplina y orden. El pequeño Espiri, que ya iba en el rebozo de la Lupe, ignoró, como todo chamaco que se respete, la orden del general y volvió a la chilladera. Nos detuvimos; la Lupe, que traía la blusa rasgada, se lo puso al frente, el chamaco se le repegó y halló la manera de poner su boca donde debía y, aunque no sació su hambre, sí dejó de llorar. Respiré con cierta paz. La Lupe era tan noble que no le cortó al niño la ilusión de tener chiche y madre, aunque postiza.

Seguimos aproximándonos al campamento con cautela, como si los federales todavía estuvieran por ái. Conforme nos acercábamos, hallamos compañeros heridos, asustados, muertos. Andaba yo sin sosiego pos en cada cuerpo, en cada cara, quería hallar a la madre del niño. Miré un bulto de mujer hecho bola detrás de un garambullo.

Grité que ái estaba, le voltié la cabeza y vi unos ojos abiertos sin vida, pero no era ella. Le eché una bendición a esa mujer cuyo nombre nunca supe y que, como tantos, luchó a la par que nosotros.

Eulalio, la Lupe, los soldados y otros que se nos unieron, caminábamos como fantasmas entre lo poco que quedó del campamento. Seríamos algo más de diez. Nuestras pisadas se escuchaban junto al crepitar del fuego y a las chispas que se negaban a extinguir.

Avanzamos pa llegar a lo que había sido el cuartel. Lo que vimos nos hizo voltear la cara, ahogar nuestros gritos, cagarnos o vomitar.

Colgados de los árboles estaban unos cuerpos lacios, meciéndose como campanas al viento. Algunos eran cuerpos conocidos. El de la Petrona con la boca abierta, ya llena de moscas, y el del chamaquito que me había dicho sargento.

Lloré.

—Los hombres no lloran —dijo uno de los que iban con nosotros.

—Los valientes lo hacen —alegó el Eulalio.

Chillé como coyote por la Petrona, por las bombas de mano que hacía, por sus ansias de ayudar a la revuelta, por los secretos que quiso conocer; chillé por la alegría tronchada del niño; por los cuerpos colgantes y por quienes nos salvamos.

Con lágrimas y sintiendo que traía las tripas rajadas, abracé a la Lupe y al Espiri un buen rato. Cuatro ojitos me miraron y sentí calma en medio de aquel horror.

Eulalio me mandó llamar.

Caminamos pal río.

Ái junto a las raíces de un árbol hallamos hecho bola un cuerpo grande, de barriga desguanzada, con plomazos en la espalda y el cráneo. Lo volteamos, una armónica cayó, reconocimos de quién era y nos fijamos que a su vez cubría otro cuerpo. Movimos al Tranquilino y encontramos a Edelmira hecha un ovillo, negra de pólvora. Viva. Al vernos, nomás con los ojos preguntó por su hijo. La ayudé a sentarse. La Lupe le puso al niño en brazos y, como si hubiera sido una medicina, Edelmira se incorporó. Una vez más lloramos todos, menos el Espiri, quien a pesar de no haber cumplido el año, dijo "Amá", palabra que a todos ayudó a calmar un poco; luego pegó su boquita a las chiches maternas y empezó a tomar leche.

Con la seguridad de que ya radicaba en el cielo, bendije el cuerpo valiente del Tranquilino y me eché una lágrima por verlo ái tirado, junto con su armónica, su fe y ese amor que no pudo ser.

Eulalio atestiguó todo con respeto. Al rato dijo que las mujeres y el niño debían ponerse a salvo, quél mismo ordenaría que alguien los llevara pa Iguala, que ahí estarían bien. Luego ya en corto me dijo, nomás a mí, que la estrategia debía cambiar, que teníamos que formar grupos pequeños comandados por un jefe. Grupos de defensa, pa desperdigarnos y no seguir perdiendo efectivos, todo hasta encontrarnos con el general Salgado que daría instrucciones más precisas.

Mandó a un par de soldados por el Atravesado, a mero donde yo había dicho que estaba y mentó, ora si en voz alta, quel jefe de tropa iba a ser Robles, quien supo hallar y traer con vida a varios miembros del Ejército Libertador del Sur, entre ellos un chiquillo que empezaba a caminar. Escuché murmullos, miré pa un lado y otro, y con fuerza pregunté:

—¿Jefe de tropa?

—Así mero, encárguese de meter en cintura a su gente. Y recuerde que siempre es mejor golpear al enemigo cuando está desordenado.

No pude sonreír, pero mucho deso me gustó.

Miré a la Lupe, a sus ojitos; sin palabras, me despedí, ella contestó en silencio. Abracé a Edelmira y con orgullo bendije a mi ahijado. Pensé que merecía un grado, soldado chiquillo tal vez, porque nació en la guerra y su primera acción fue salvarnos la vida. Aunque parezca lo contrario, si no lo hubiera traído en brazos no habría yo corrido pal cerro ni todos los demás, y estaríamos muertos como el Tranquilino o con la boca llena de moscas como la Petrona.

Antes de irse, Edelmira me volteó a ver y preguntó:

—Y a todo esto, ¿cómo se llama mi compadre?

—Robles —contesté.

—Eso ya lo sé. Su nombre de pila, pues.

Sentí entonces como si algo por dentro me diera un golpe y no pude responder.

La Lupe apuró al grupo pa que avanzaran hacia Iguala de los Bravo, mientras yo miré cómo agarraron camino entre la penumbra.

MI NOMBRE

Antes del amanecer el frío arrecia y hace temblar la carne. Así estuve un rato largo hasta que cantó el gallo, y la luz y su calor se asomaron entre las montañas. Tenía un hueco por dentro y no se me quitaba de la cabeza la congoja de haber visto cómo mis cariños se alejaron paso a paso. De igual manera la pregunta de Edelmira me calaba y hasta me dieron ganas de quedarme horas bajo esos rayos recién nacidos, aunque al mediodía chamusquen lo que tocan.

Con tanto reborujo en la cabeza me senté sobre una piedra, saqué la Casimira, la miré largo, pensé que dejar era una forma de resolver. Moverse. De mi pueblo al campamento, de un campamento a otro, de una querencia a buscar la siguiente. Al poco rato sentí un golpe en la boca del estómago y me pregunté qué fregados estaba haciendo.

Ái estuve sin calma, hasta que un aire pesado me sacó de mis pensamientos junto con Eulalio quien, a saber cómo, se apersonó frente de mí. Echó un resoplido y dijo:

—Sé lo que traes por dentro. Lo que te falta, lo que tienes de sobra. Cuáles son tus luchas. Las que haces a caballo y las otras, las que te resuenan entre las orejas. Óyeme bien y guárdate las palabras de este soldado.

—¿Para qué?

—Pa ganar batallas. Las tuyas.

—¿Qué oyó si no menté nada? ¿Quién le dijo que se metiera?

—Aunque esté cascado tengo el oído tan fino que escucho hasta lo que no se dice. Me meto porque para mí es tarde, porque te agarré cariño sin razón y porque la vida me trató mal. No. La vida no, la gente. Por creencias, por ideas torcidas te trasquilan, te amarran las patas y te cuelgan arriba de un fogón o te echan en el hoyo como chivo pa barbacoa. A causa del miedo, como el que le tiene el gusano al pico de la gallina, se cometen muchas canalladas. ¿Sabes cuáles son tus luchas?

—Pelear contra los federales, aunque sean mexicanos igual que uno.

—Tienes razón, pero hay otro enemigo, uno que está dentro. Tu obligación es sosegarlo. ¿Me entiendes?

—A veces siento un plomazo en las tripas o en la cabeza y me pregunto hartas tarugadas.

—Hay cosas que no necesitan respuesta. ¿Elegiste ser tú? No. Un día te diste cuenta de quién eres por dentro y quién debes ser por fuera. Un día, tal vez mientras le sacabas los jorucos a tu cuaco o mirabas con sosiego cómo el sol se escondía entre los montes, te descubriste.

Cuando oí esas palabras, me encogí como un perro con miedo y me dieron ganas de esconderme debajo de la piedra onde estábamos sentados.

—Si hace falta rómpete, quémate, está bien; pero luego sal y debilita al enemigo. Engáñalo como la rata engaña con su peste a la serpiente pa salvar la vida. Confúndelo como le hacen las orugas que se mezclan entre las hojas secas pa poder sobrevivir. Puede ser que la victoria llegue ahora, después de la revuelta o nunca. Tú decides.

—Edelmira me preguntó mi nombre y no pude decirlo.

—Nombrarse es lo primero que hay que hacer —se levantó y se montó en su caballo.

"Quemarme, romperme, dejar en el campo de batalla lo que no quiero de mí y mentar mi nombre es más difícil que vencer a los federales", pensé.

Escuché la voz del Eulalio que se me afiguró que me hablaba dentro de mí.

—Dilo.

—O —susurré.

—No te oigo.

—Amelio —dije.

—Más fuerte.

—Amelio —grité y mientras el eco de mi nombre se percutía como tambor de guerra, me le cuadré al general, que fueteó a su caballo pa salir corriendo más rápido quel viento y perderse entre los rayos de la mañana.

Luego de aquel grito, me despertaba antes que la primera luz del día y sobre todo antes que la tropa, pa orinar a gusto y junto con el canto de los gallos mentar mi nombre.

OLVIDO

Como ya estoy viejo, Ángela, en veces se me olvida lo que pasó hace un rato aquí en la casa, no recuerdo dónde dejé mi sombrero y me pongo a buscarlo durante horas, pa luego hallarlo arriba de mi cabezota. Cuando acabo de comer, me pregunto si el guisado que hiciste traía tortillas o no, pero resulta que encuentro pedazos en la mesa, en el piso, huellas de que ya me las comí y entonces me encorajino. No contra ti, contra mí mismo o contra nada. Así es mi vida ora que enlazo olvidos con los recuerdos que tengo clarito acá dentro en los sesos y en el corazón. Setenta batallas, más de ochenta de vida, varias heridas y aquí estoy contigo.

Palabreándome tu vida.

Si, y al contarlo vuelvo a sentir lo que ocurrió cuando anduve en la revuelta. Me gusta repetirlo, porque eso, eso sí, Ángela, no quiero que se me olvide nunca. Ni eso ni los juegos de los días chamacos que tú recuerdas muy bien.

Esos días cuando corríamos y travesurábamos allá en Xochipala.

Y aunque todavía me duela, también traigo dentro los momentos en que me avergonzaba por mirarme en tus ojos, cuando las naguas me fastidiaban como las garrapatas a los caballos y cuando el miedo me hacía treparme al árbol que estaba entre mi casa y tu jacal, pos según decían en mi casa iba derechito a condenarme.

¿Sabes, Ángela? Ora me ha dado por sacar de mi veliz de cuero el bonche de hojas de papel donde apunté lo que viví en la guerra, tal cual me aconsejó Eulalio. Si algún día me falla la memoria de aquellos mis mejores tiempos y se me embrollan los recuerdos, ahí están anotadas de *mi puño y letra* las cosas y los días, las batallas, los sucedidos, los años en que chiflaba de contento o aguardaba con ansias y emoción los momentos de disparar la Casimira; esos tiempos de dormir tapándome nomás con mi sombrero, de hacer amigos al salvar de los balazos a alguno, o varios, y luego ya en calma irnos a echar unos pulques; tiempos de guerra en los que vi a la muerte de cerquita y arriesgué el pellejo un día tras otro.

TINTA Y BIGOTES

Cuando ganábamos una plaza, antes que otra cosa, yo me metía al cuartel de los federales pa agenciarme balas, pos a mi Casimira nunca le debían faltar. También tinta y plumas para escribir lo que iba pasando.

Anoté casi todo, desde lo que ocurrió en el mero principio, cuando el general Juan Andreu Almazán pasó por Xochipala y cuando me junté a la bola, hasta que dejé las armas.

Apunté los dichos de Cirilo, el del telégrafo, quien desde que vivíamos en el pueblo, seguido decía que ya estaba suave de tener al mismo presidente, que ya iba por la sexta reelección; que llevaba más años ái que los que teníamos de edad él y yo. Desde chiquillo le gustó hacer garabatos. Se la pasaba, lápiz en mano, dibujando gente o animales. Con el tiempo le dio por hacer retratos burlones que le salían muy bien. Una vez hizo uno de Porfirio Díaz con las asentaderas pegadas con engrudo a la silla presidencial que luego mandó a un periódico de Chilpancingo y, sí, lo publicaron ái. Tan bien le fue que le mandaron hablar de México pa irse trabajar a la mera capital en un periódico que le ofreció buenos centavos por hacer sus dibujos.

De igual modo quedó escrito el nombre de Jesús H. Salgado, general de buena ley y buenos bigotes. Entre la juanada había lampiños y bigotones, pero todos los de arriba traían su buen mostacho. Durante mucho tiempo anduve piense y piense que si quería llegar tan alto como el águila cuando ya trae a su presa en el pico, debía hacer algo pa que me salieran pelos ái. Quería asemejarme a los que dan órdenes. "Pa ser como ellos hay que parecerse a ellos", pensaba yo.

En mis papeles también anoté varias veces el nombre de Heliodoro Castillo, general de bigote ralo y mirada triste; así como el de Chon Díaz quien, como su nombre, tenía un buen mostachón; cuando se lo peinaba o se tomaba sus mezcales, yo le echaba ojo, con disimulo, claro está.

Al andar en la revuelta no puede uno llevar casi nada. La ropa que trái puesta, sombrero, pistola, fusil o carabina, si acaso un sarape que luego tienes que dejar cuando cambias de campamento. Por eso tenía yo muy pocas cosas, entre ellas un pedazo de espejo roto, lleno de manchas. Ái veía con tristeza mi cara lampiña que se repetía miles de veces pero ni una con bigotes. La verdad me daban ansias de tener, ya no digamos el bigote tupido de mi general Zapata, sino aunque fuera uno de chino.

En una ocasión escuché que untándose chile, ajo y caca de gallina salían pelos. Por esos tiempos, recuerdo que tomamos una plaza, no sé cuál, pero luego de hacerme de balas y tinta, me perdí yo solo pa conseguir todo eso y hacerme un revoltijo.

Varias noches me lo embarré con cuidado para que nadie me viera. El problema era mantener apretada la boca y aguantar la peste. La tropa era apestosa, sí. Patas, sobacos, pedos, pero la caca de gallina con chile, ajo y cebolla era peor que todo eso junto. Lo bueno que, como sabes, me levantaba temprano pa mear en veces me tijereteaba el pelo y me quitaba el menjurje ese.

Luego de unos días o semanas de traer colorado arriba de la boca y sentirme como si estuviera pagando una manda, sin ver ni un méndigo pelo, a saber de dónde salió un canijo perro que se metió en la tienda de campaña onde yo roncaba; acercó su trompa a la mía y me empezó a lamer. Me desperté con susto, agarré la Casimira y le quise disparar, pero me acordé del Mordidas y nomás lo eché pa fuera. Tons pensé que me estaba haciendo pendejo y, luego de limpiarme con las aguas de un pozo, me prometí que llegaría muy lejos.

A falta de bigote me sobraban balas.

MARICHUY Y CHON

Chon era chaparro de estatura pero de altos vuelos por su lucha en la revuelta. Dicharachero y alegre se la pasaba haciendo bulla, aunque nos estuviera llevando el tren.

Lo recuerdo muy bien con un sombrero que le tapaba las orejas de tan grande que era. Siempre pelaba la mazorca, mandaba picoretes, echaba piropos y hasta se agenciaba una guitarra pa cantarle a las chamacas. Que si sus ojos, que si sus naguas, que si sus...

¡Hasta ahí déjalo!

Está bueno, pero yo me divertía al hacerle segunda, coreaba, aplaudía y en veces hasta le raspaba al instrumento. Me fijaba también cómo le hacía el Chon pa que las féminas cayeran en sus brazos y abría bien los ojos pa ver las caras que ellas ponían cuando se les repegaba. Ellas, dije y dije bien, Chon aseguraba quen su corazón cabían muchos amores.

En el ejército fue bravo y tenaz. De jornalero, allá en su pueblo, pasó a ser capitán de caballería y luego general.

Con él me hice de amistad cuando atacamos el cerro del Jilguero, que suena rechulo, porque las piedras de tantos ríos que hay por allá ruedan golpeándose una a la otra, mientras quen los árboles abundan los pájaros cantores. Ahí los federales en cuanto escucharon el trote de nuestros cuacos, echaron una ráfaga de disparos que, pa mala suerte, le dieron a unos zopilotes que iban al vuelo. Sí pues, en ese ataque se escabecharon a varios plumíferos que cayeron sobre nosotros. A pesar de la lluvia de balas y plumas, continuamos avanzando lo más silencioso que pudimos pa atacar a los pelones; así les decíamos a los federales por andar siempre pelados a casquete corto.

Chon iba adelante marcando el camino, cuando de pronto escuché tronidos como relámpagos. Rápido, torcí el pescuezo y ojo de águila miré que un balacerío corría derechito a mi compañero. Arrecié el galope hasta alcanzarlo, me emparejé a su cuaco y brinqué al suyo pa tumbarlo y evitarle la muerte. Caímos los dos al tiempo que escuchamos los relinchos de nuestros animales cuando les estallaron las balas y de inmediato los golpazos que se dieron al azotar en la tierra. Uno y otro animal quedaron tumbados, un rato gimieron de dolor hasta que ya nomás escuchamos nuestra respiración, el golpeteo de las piedras del río y el canto de los jilgueros.

Chon y yo nos miramos en silencio, nos hicimos señas pa decirnos que estábamos completos, luego vimos que había cuerpos tirados de los nuestros, unos muertos y otros que agonizaban. Oímos una nueva ráfaga de disparos y nos echamos al suelo, me arrastré pa buscar mi sombrero que estaba lleno de sangre, a saber si era la de algún compañero o de los zopilotes plomeados. Chon hizo lo mismo y, procurando no hacer ruido, como tlaconetes ensombrerados huimos hasta ponernos a salvo.

Fue muy corta esa batalla, un ataque duro, triste, pos perdimos muchos soldados además de a mi Tordillo y a su Canelo. Aunque teníamos heridas salimos vivitos y coleando, como dijo Chon luego de mirar pa arriba y encomendar las almas de cuacos y cristianos al cielo.

Bien nacido, siempre me agradeció. Decía, con su voz de guitarrón, que le gustaba mirarme disparar la Casimira pos casi nunca erraba ni un tiro, y desde que lo salvé de la muerte aseguraba que no había mejor jinete que yo. Entonces yo le contestaba que sí, pero que pa güevos, los dél.

Era tan enamoradizo que a chamaca que veía le echaba flores, le quería cantar al oído o se le metía el demonio y de a tiro se la quería robar.

Un día, luego de varios mezcales ya muy de tarde, cuando los demás soldados fumaban yerba o estaban roncando, que me mira de arriba abajo, me da la vuelta, se detiene en el frente, va pa la retaguardia, regresa y con la mirada chueca ve fijamente mis ojos casi verdes. Lueguito, sin más, se arrancó a pegar unos aullidos peores que el coyote y que despertaron a varios. La cabeza me empezó a hervir de corajina.

Como si estuviera ante un contrario, le di un estatequieto, puse la mano sobre la Casimira y le recordé mi buena puntería. Dejó de aullar mientras la borrachera se le bajó junto con lo colorado de los cachetes. Empezó a vomitar y entre guacareada y guacareada me pidió disculpas. Así acabó ese intento fallido que sirvió pa que él y otros que llegaron de mirones se dieran cuenta de que conmigo había que andarse a las vivas.

Allá por Hueytlalpan, pueblo que está rodeado de cerros chatos, todavía se escuchan unos versos donde se cantan sus hazañas y la cruel forma en que perdió la vida.

Veintitrés no había cumplido
cuando a una chamaca ojeó
Marichuy lo cautivó
y así empieza el corrido.

A la fecha se sigue cantando la historia de ese amor que se le metió hasta la médula a mi general. Esa María Jesús lo traía de un ala y nada que le daba el sí. Ni serenatas ni flores o tiros en su ventana hicieron quella diera su brazo a torcer. Así quen una ocasión mi general intentó robársela. Con pistola en mano se presentó en el ranchillo de la chamaca, pero a ella ya le había llegado el aviso de que el general, bien tomado, iba pallá. Con susto y angustia, ayudada por sus padres, se trepó a la única mula que había en su jacal; así pues, dándole de fuetazos, entre ladridos de perros y quejidos de la mulita, llegó por fin a la parroquia, donde rápido se metió. Ahí de rodillas se puso a rezar pa que se le calmara la calentura al general y ya sosiego le pidiera matrimonio. No quería darle su virtud así nomás.

Chon encorajinado se trepó a su caballo y rápido como el viento caliente de mi tierra se apersonó en la iglesia. Era borrachón, sí, pero respetuoso de los lugares sagrados; de modo que no entró, se quedó parado en el atrio.

Dicen quen las cosas del amor cualquier cosa puede ocurrir, hasta que se olvide uno de la guerra y se deje atacar. Así pues, Chon no sospechó que sus enemigos se acercaban al Espinazo del Diablo que estaba ya muy cerca de Hueytlalpan y, una vez ahí, como perros, olieron el mero lugar donde estaba el general.

Con su voz de guitarrón se echaba versos que eran pétalo, abeja y rocío y que, gracias a él, supe que a las mujeres les gusta escuchar al oído.

En eso estaba cuando una bala traicionera le atravesó el corazón. El general cayó casi muerto. Sus cobardes matones se pelaron sin dejar huella. María de Jesús salió de la iglesia y, con los ojos llenos de lágrimas, por fin le dio el sí, antes de verlo morir. El general llegó al cielo enamorado y dejó viuda sin haberse casado.

Lo enterraron en el atrio, justo donde cayó.

Cuentan los que cuentan que, con el tiempo, nació ahí mero un flamboyán grande y frondoso que cada primavera se cuaja de flores perfumadas y que ese aroma provoca amores dulces y agrios, como el de Chon y Marichuy.

HELIODORO

Heliodoro Castillo me enseñó que todos nos partimos el lomo o hasta doblamos el espinazo con tal de cumplir nuestros sueños, nuestras metas. Las dél fueron luchar por los chamacos de Guerrero, ponerles escuelas pa que aprendieran a contar, leer, escribir. Pero también que traemos algo por dentro que nos hace temblar o suspirar, alguien que nos provoca y a quien queremos más que nada y por ese alguien damos la vida, incluso con más fuerza que en las batallas.

Cuando en veces, allá en los campamentos, aparecían las güilas, él bajaba los ojos y antes que irse con una agarraba su caballo pa trotar nomás o se echaba sus mezcales. Entonces ya medio alegrón mentaba el nombre de Micaela y decía que luchaba con ganas en la revuelta, pero que al mismo tiempo deseaba cabalgar pa su pueblo, abrazar a su mujer, darle sus picoretes y hacer otras cosillas. Por todo el estado se sabía que ella lo esperaba en Chichihualco, tejiendo y destejiendo una capita de estambre pa ponérsela a san Miguel Arcángel, como agradecimiento, el día que regresara su Heliodoro.

Yo encogía el cuello y miraba cómo uno y otro soldado, capitán o hasta general agarraban parejo con las sarampagüilas y sumía la cabeza debajo de mi sombrero, pelando los ojos, sí, pero con cuscús. Así pues, me ponía a tomar con él y oía esas cosas del corazón que salen con la ayuda de varios tragos mezcaleros.

Heliodoro, contrario a otros generales o soldados, andaba limpio, aseado, sombrero sin mugre, bigote parejo y siempre en compañía del Zanate, su cuaco negro y tornasolado, quien quería a su amo con ese cariño que solo los animales pueden dar. En eso concordamos él y yo, pos también di y recibí harto cariño del Alazán, del Tordillo y del Carey, de mi Mordidas. Trepados en nuestros equinos, luchamos codo a codo y ganamos varias plazas, como El Duraznal, Puentecilla y La Hierbabuena, onde lo eligieron jefe de tropa y semanas después mi general Jesús H. Salgado lo ratificó.

Puedo decir que fue tan valiente que, cuando ya pa la época de Carranza, las fuerzas del gobierno allá por los rumbos de Zumpango, en un cerro llamado El Moyo, lo acorralaron, le dispararon e hirieron a su caballo. Antes que dejarse apresar y ante la huida de sus soldados, desmontó de su cuaco, lo acarició y le dijo:

—Aquí perdimos, Zanate, pero tú y yo nos vamos juntos pal cielo. No les daremos a los carrancistas el privilegio de acabar con nuestras vidas —luego gritó—: Micaela, te espero en el cielo. ¡Viva Zapata, viva México! —y antes de que lo tocaran, le disparó a su caballo en la cabeza, luego se puso la pistola en la frente y apretó el gatillo.

Ái quedó la sangre de ambos, revolviéndose una con la otra en la tierra fértil de nuestro estado.

Pues yo sé algo que todavía me hace suspirar…

¿Suspirar?¿ Pos qué cosa, Angelita?

Algo que durante muchos años se contó como si hubiera sido una leyenda; pero por esta, que fue verdad. Estoy segura que el resonar de esos tiros y el grito de Heliodoro llegó a oídos de Micaela, y sé que ella, por última vez destejió la capa de san Miguel y, con el mismo estambre azul, tejió una manta para envolver el cuerpo de su amado.

Pos yo sé que hasta la fecha cada que hay luna de sangre aparece arriba de su tumba un lienzo azul celeste con pequeños cristales que brillan como lágrimas, mientras que en la luna roja se dibuja la silueta de un caballo que trota impaciente en busca de su amo.

CARRIZALILLO

Ponte abusada, Ángela, porque aunque siempre pierda el sombrero entre los árboles tamarinderos del zócalo y tengas que ir a reclamarlo, traigo en la cabeza el ataque a Carrizalillo. Así que ái te va como balazo.

¡Calma, calma! Parece que ya te tomaste toda una botella de mezcal.

No te me asustes, es un recuerdo nomás. El ejército suriano era muy diferente de los revolucionarios del norte. Allá podían hacerse de armas en el otro lado; por acá casi todos andábamos a machete, pocas pistolas y carabinas sacadas de los cuarteles o recogidas de los muertitos cuando ganábamos batallas. A mí siempre me ayudó cargar la Casimira.

Generales, capitanes y, pa decir la verdad, yo también teníamos caballos, pero la tropa andaba a pie o en cuacos desos que se les miran las costillas y con trabajos pueden correr. De uniforme nada, los nuestros usaban calzones y camisas de manta, descalzos unos, con agujeros en los guaraches la mayoría.

A algunos les daba miedo pelear contra los federales, mentaban que nos iban a romper el hocico. Por eso yo insistía en que teníamos que planear bien, organizarnos, conocer el terreno y a los soldados, darles ánimos, decirles cómo atacar y hasta ponerles el ejemplo.

El combate a Carrizalillo fue una de mis primeras batallas. En ese entonces todavía estaba bajo las órdenes de Juan Andreu Almazán y de mi general Castillo. Supimos, gracias a un escuincle avizor a quien apodábamos el Correcaminos, que un grupillo de federales andaba perdido en la parte baja de la barranca y que iban bien cargaditos de parque. El chamaco nos informó que se miraba que estaban hambrientos y con sed, y que no hallaban la vereda que corre de mi pueblo pa Zumpango, onde estaba el cuartel que iban a reforzar. Al saber eso se me iluminó la mollera, pos nadie conocía mejor que yo esas tierras. De rápido lo menté a mis superiores. Hablé del despeñadero, los carrizales, las cuevas y la cañada donde, con suerte, podríamos emboscarlos.

Como el borrego que se sale del rebaño y se pone pa que el coyote se lo coma, así andaban los federales. Los jefes planearon el ataque y empezaron a aleccionarnos cómo venadear a esos federales descaminados. En eso estábamos cuando llegaron unos campesinos que se quisieron unir a la lucha. Estaban flacos pero macizos, curtidos por el sol y el trabajo. Sus armas eran reatas, machetes y ganas de vengarse. Mentaron que querían unirse nomás unos días, pa desquitar las levas que dejaban familias desmochadas, darles en la madre a los gobiernistas y luego volverse a la labor. Así fue la revuelta también.

Mi general Juan Andreu los aceptó y puso un grupo a mi mando. Dio la orden de avanzar a la parte alta de la barranca, ái onde están las magueyeras que siempre me recordaron el mezcal que hacía Casimiro, mi padre.

Rápidos y silencios culebreamos la bajada hasta encontrar las cuevas que yo conocía rebién. Ordené meternos ái, esperar entre murciélagos patas parriba y peste a guano hasta divisar que los federales estuvieran cerca. Cuando la tarde se oscureció miré quel grupo estaba por onde se estrecha el sendero. Bien me acuerdo de que sonreí de emoción nomás de imaginarme cómo les quebraríamos la cabeza, cómo desde lo alto les lloverían montones de piedras pa luego emboscarlos, darles cuello y agenciarnos el parque.

Salí de la cueva y me acerqué a una peña, desde ái divisé a dos soldados que iban mero delante. El corazón me saltó al ver que estaban bien cargados de armas. Conforme se acercaban, de avanzada como culebra, seguí pa abajo. Escondido tras un maguey grande miré a un soldado gordillo de baja estatura y a otro alto y fornido; los dos traían las lenguas de fuera, igual que sus cuacos y la mula vieja que cargaba el parque.

Ese par nos sirvió como carnada. Justo al llegar a la cañada se detuvieron pa refrescarse. Cuando se estaban echando sus tragos, lo mismo que caballos y mula, llegaron los demás soldados y ái fue cuando, con un chiflido, di la orden pa empezar a tirar las piedras. Aquello fue un tronadero que los hizo destantear toditos.

Los campesinos, que conocían muy bien aquella barranca empinada, bajaron como arañas ayudándose de reatas, salvando peñascos flojos, echándose ayuda en racimos de dos o tres. Fue tan rápido que agarramos a los federales confundidos; entonces mis soldados de calzón blanco lucharon a machete con esos pelones que no tuvieron respeto por nuestra gente ni por nuestra barranca.

Con la caída de piedras, la mula que llevaba el parque corrió asustada pal monte. Algunos pelones fueron tras della importándoles un carajo el par de soldados. No cabe duda de que pa mucha gente valen más los fierros que los cristianos.

Fue aquel un ataque sabroso. La maña, el conocimiento de la barranca y las ganas de vengarse pudieron más que los plomazos, y sí hubo caídos de nuestro lado, pero fueron más dellos. Casi todos. Pa nuestra fortuna logramos que la mayoría se fuera al infierno.

El alto murió luchando a machete con un prieto correoso de los nuestros, quien luego de acabar con él, se agarró al gordillo pa darle cuello, pero este pidió clemencia. Dijo que lo habían levantado a la mala los federales, que nunca quiso unirse a los pelones y que sus ideas estaban de nuestro lado. Pidió unirse a nuestro ejército. El prieto correoso lo quería matar ái mismo. Decía que no se aguantaba las ganas de ver su sangre colorear las aguas de la cañada. Cuando llegó mi general Castillo, yo intercedí por la vida del joven panzoncillo. La mera verdad lo hice por pura corazonada. El general le dio el indulto y así fue como Serafín, que así se llamaba, se unió a nosotros.

Conseguimos parque, carabinas y algo más. Luego de que mis campesinos esculcaran a los federales muertos pa sacarles billetes, hallaron los santos que traían al cuello o en estampitas y, ni tardos ni perezosos, se los agenciaron. Con santo al cuello o en las bolsas, se sentían muy seguros y contentos, a pesar de que los mismos santos les habían fallado a los federales.

Serafín no permitió que le quitaran la medalla a su compañero para que llegara al cielo con una bendición, según dijo.

—A este no me lo tocan —gritó, y luego de decirle al moribundo que se volverían a echar sus buenos mezcales en el otro mundo, le cerró los ojos.

Pa nosotros fue un festín. Los míos ya habían atajado a la mula con armas, de modo que cada quien se hizo de su máuser, de su güinchester, de su treintatreinta y algunos de su ametralladora.

Antes de que los campesinos se regresaran pa sus jacales, les dije que podían mandar sus machetes al demonio, pero quisieron conservarlos. La gente se encariña con lo que le salvó la vida, con lo que le dio la victoria o con lo que ha vivido siempre. Así todos volvieron con su gente, cargando machetes, armas y santitos.

Serafín, mientras tapaba con un petate al difunto, hablaba cosas, platicaba con su amigo caído como si todavía estuviera vivo, haciéndonos pensar que estaba zafado, pero no. Con el tiempo caí en cuenta quen la guerra convive uno con los finados tan seguido que las amistades duran más allá de la muerte.

Enseguida mi general ordenó que nos fuéramos pal campamento.

Cuando llegamos al cuartel, Helidoro me nombró jefe de tropa y Juan Andreu me ratificó. Yo me molesté porque ya el general Eulalio me había dado un grado y, tal cual, expresé mi inconformidad.

—¿Eulalio? —preguntó Almazán—. ¿Quién es Eulalio? ¿Lo conoces tú, Heliodoro?

—¿Que no fue el general ese que cayó en el mero principio, cuando luchábamos contra los federales de Porfirio Díaz?

Destanteado, apreté los puños, guardé silencio y luego a solas, como si eso pudiera hacerse, voltié los ojos pa dentro de mí para ver si ái encontraba las palabras del Eulalio.

MI TROPA

Luego de esa emboscada se empezó a decir que yo sabía mandar, que conmigo había pocos caídos, que tenía macizo el corazón pero que era noble a la vez y, sobre todo, que no dejaba a mis soldados con la panza vacía. La gente se quería juntar, andar conmigo, bajo mis órdenes. Ser parte de mi tropa. Varias veces me pasó que querían unirse más de los que yo necesitaba. Entonces les preguntaba:

—¿Saben contar?

Uno que otro.

—¿Disparar metralla?

Muy pocos.

—¿Leer?

Ni uno.

—¿Montar caballo o mula?

Varios.

En una desas ocasiones, un campesino de dientes escasos y negros, que se había quedado con nosotros después de la batalla del Carrizalillo, me dijo:

—Sabemos usar el machete lo mismo pa trabajar la tierra que pa defenderla, jefa.

Desenfundé la Casimira, le apunté con ganas de meterle una bala en la cabeza y le dije:

—A mí me hablas con respeto. Repite lo que dijiste, cabrón.

—Sabemos usar el machete lo mismo pa trabajar la tierra que pa defenderla, mi jefe.

—Así mero me va a hablar y todos los demás también —luego eché un tiro que le dio a una paloma que pasaba por ahí y cayó como piedra. Todos pelaron los ojos y aunque no los vi, estoy seguro de que apretaron el culo. El sindientes se me cuadró y aluego los demás, mientras la paloma chorreaba sangre fresquecita y el Serafín la recogía pa luego ponerla en el comal, según mentó.

Al falto de dientes sí lo escogí, por aventado, por mañoso, aunque habría que disciplinarlo. Me gustaba meter en cintura a los cabrones, demostrar quién era yo.

El caso fue que no podía cargar con todos, ¿de dónde iba a sacar pa darles de comer? Entonces le dije a un señor que ya tenía tiempo conmigo y que se llamaba Salustio López, que era el mero macizo porque conocía… sabía algo de milicia, llegó a ser sargento; le dije, pues: "Tú te encargas de la gente. Quieren andar conmigo, pero yo no quiero que me siga tanta gente, porque yo no necesito a tantos. ¿Cómo vamos a mantenernos? No tenemos sueldo; andamos a puro pedir".

Y claro, ¿para qué quería uno tanta gente si era difícil la cosa de la comedera. Veinte, treinta, cincuenta, sesenta, cien, ¿dónde? Solo cuando era la toma de una plaza entonces sí necesitaba muchos.

Junto con el de dientes escasos —que luego supe se llamaba Rogaciano—, Serafín, el flacucho ágil como chango, los demás soldados, las mulas y las armas ordené agarrar camino pa ir en busca de mi general Jesús H. Salgado. Había que cacarear el triunfo y compartir el botín.

Sabía que mi gente iba a deshacerse de algunas armas, pero de los santitos que traían al cuello, seguro que no.

SAQUEO DE TLACOTEPEC.
MARTES DIECISÉIS DE ENERO.
AÑO DOCE. TRAICIÓN.

En campaña come uno lo que puede, cuida el parque y se lucha por conseguir más.

Nos dirigimos hacia Tlacotepec bajo el mando de mis generales Salgado y Castillo, quienes decidieron tomar esa ciudad escondida tras las montañas por estar bien aprovisionada. Serpenteando caminos, tardamos varios días hasta llegar al corazón de la sierra madre que es donde mero está. No tenía mucho tiempo de haberme incorporado a las armas, pero cuando los jefes se destanteaban entre aquellos cerros empinados, yo les decía por dónde cortar brecha, en qué lugares ocultarse y hasta señalaba el rumbo a seguir pa volver a avanzar. A pata, a caballo o en mulas cruzamos el río Zumpango. Iba tan lleno de agua que a una mula, que cargaba a un sargento panzón, se le torcieron las patas y nomás vimos cómo de rápido se los llevó la corriente. Los caballos relincharon y a algunos soldados segurito se les subieron los tompiates a la garganta. A mí no.

Cruzamos riachuelos, matorrales, pasamos por la cañada del Zopilote. Miramos que esos pájaros grandes y negros tenían fiesta y algunos hasta nos dio envidia su tragadera, porque llevábamos días de comer nomás quelites, quintoniles. Antes de llegar, un olor a carne nos desvió pal cerro del Cordoncillo, ái nos tragamos harta barbacoa de borrego que un pastor nos ofreció voluntariamente a fuerzas. Estaba tan buena, que me eché varios tacos. Luego como hormigas panzonas, en línea una tras de otra, continuamos el avance hasta posicionarnos en los alrededores de Tlacotepec.

Se armó un plan que consistió en dividirnos en dos grupos para que al otro día, a la hora en que se mete el sol, un contingente atacara por un lado del pueblo y el otro por el contrario. Mis generales ordenaron que unos se fueran a la entrada del panteón y otros pa Cerro Gordo, donde instalamos los destacamentos militares.

Amanecí con empacho ese día. Sospeché que me había caído de peso la carne de borrego después de semanas de comer puras yerbas. Tenía ganas de guacarear, aun así, con el vómito en la garganta, me apunté pa ser uno de los que fueran a la cabeza, pa iniciar la acción.

Cuando el sol se estaba poniendo, salí conforme lo había pedido, con los de mero delante. El contingente no era tan numeroso pero sí lo suficiente para dar una buena batalla. Poco a poco me quedé rezagado, pues además de sentirme mal, traía un caballo rejego que parecía no querer avanzar. No tenía fuerzas pa pegarle con la fusta y pa colmo sentí que me empezó a salir la colorada entre las piernas. Al rato comenzaron unos calambres cada vez más fuertes y punzadas abajo de la barriga. Las piernas ya no me respondían del dolor y la espalda me calaba.

Tiempo atrás conocí esos dolores que llegaban con la luna negra, pero que yo tenía dominados. La tía ía me había enseñado qué hacer: tomar té de anís y otros remedios, así como a ponerme un trapo ái mero. Pero en esos momentos mi cuerpo se partía igual questán partidos los cerros de Tlacotepec.

La dolencia me calaba tan fuerte que me fui quedando hasta atrás del contingente. Antes de entrar al pueblo, quebrándome de a tiro, sin poder más, me bajé de caballo pa tratar de sosegar los dolores.

Vómito y una canija desesperación aparecieron después de los malditos retortijones. Me aguanté el coraje de gritar, de pedir ayuda. Había subido de grado, ya era subteniente y no quería que nadie se diera cuenta de mi debilidad.

Ái me quedé, entre zacates y moscardones, doblándome a causa de los calambres y pinchazos que se me clavaban por dentro.

Luego de que me tiré a la tierra y me empecé a retorcer como gusano, el zopenco del caballo me olisqueó y agarró carrera pal cuartel.

Días después supe, por un soldado que me contó, quel cuaco no era tan zopenco, pos regresó a Cerro Gordo y ái, al llegar, relinchó y movió la cabeza señalando pa onde estaba yo. A los animales nadie les cree, así que lo juzgaron loco y como lo vieron sin jinete aseguraron que yo había caído a manos del enemigo y me dieron por muerto.

Fue en esa batalla donde conocí la traición. No de los contrarios, tampoco de algún general, ni de los soldados de mi ejército. Fue una traición que me hice yo. Que me hizo mi propio cuerpo.

Mis superiores, mis soldados confiaron en mí, pero algo de dentro, algo de mí mismo, algo que no pude controlar, me metió el pie, me hundió, me detuvo y, lo peor, me hizo pensar que no servía pa la guerra.

Sentía que me daban estocadas por dentro al tiempo que maldecía a esa sangre que escurría entre mis piernas. Esa sangre que no chorreaba a causa de un plomazo o una herida por haber defendido a mi ejército, a mi pueblo. Esa sangre mía que me hizo perder la batalla y la cabeza.

Con rabia me mordí la lengua y me pregunté si quería continuar en la batalla, luchar por lo que yo más deseaba o si mejor me devolvía pa mi pueblo, a beber té de hierbas, ponerme compresas de agua caliente como hacían las viejas de mi casa y esperar, sin quejas, quel dolor pasara.

No.

No.

Por tercera vez, no.

Mi vida estaba ái en el ejército, entre cabrones, balazos, polvaredas, caballos encabritados. Saqué fuerzas de los adentros. Me levanté.

Mareos y vómito negro, como esa noche que ya estaba oscura.

Aunque andaba lejos del campo de batalla, logré escuchar cómo nuestras tropas empezaron a atacar. Plomazos sordos quebraban el aire, ráfagas de metrallas sacaban chispas que tronaban asustando luciérnagas y tecolotes. Escuché los gritos de quienes echaban quejidos de muerte o pedían ayuda a sus santos pa entrar al cielo. Lamentos y llanto se confundían con relinchos, ladridos y explosiones. Pasos acelerados al correr, golpes de cuerpos que caían.

Después de horas de tener la batalla en las orejas, se hizo un silencio que se rompió por uno que otro quejido de agonía cada vez más espaciado, hasta que el galló cantó y con dificultad pude ponerme en pie. Caminé pa tomar agua de un riachuelo que hallé por ái.

Con mucho esfuerzo inicié el regreso a las faldas de Cerro Gordo. Antes de llegar me toqué esa sangre, ya seca, que me manchó también el orgullo. Tenía que pensar en algo que justificara mi ausencia. Necesitaba una coartada. Agarré una piedra y me golpeé la cara, los brazos, las piernas. Me saqué la Casimira y me di en la cabeza hasta provocarme sangre que me embarré por todo el cuerpo.

Cuando llegué al destacamento se quedaron sorprendidos al verme vivo y también por lo mal que iba. Una soldadera me echó agua y me puso pedazos de tela en las heridas. Con trabajos dije que un contingente de federales me había atrapado, que me golpearon e hirieron con saña y que me llevaron a encerrar, pero entre la tronadera de los balazos, cuando los nuestros iban de gane, en un descuido de mis guardias me escabullí como rata de campo y al igual que los roedores corrí hasta ponerme a salvo.

El dolor casi había cesado pero no la vergüenza por no haber cumplido en esa batalla.

Por el mismo soldado ese que gustaba hablar de todo y más, mientras me curaban, me enteré de que mi ejército había logrado hacerse de armamento y cartuchos, así como sarapes, además de un botín de dieciséis mil pesos.

El soldado también me contó que, luego de atacar, se apercibió de que unos federales se habían escondido igual que puercos asustados en la parroquia de la Asunción, y como que no se rendían. A mi general Castillo se le ocurrió llamar al capitán Benjamín Guevara y le dijo:

—Se va a la tienda del señor Crescencio Vega a traer el arma con que vamos a rendir a los que están en la parroquia. Le dice que me mande un costal de chile y que vacíe un chorro de petróleo sobre el costal, pa que lo penetre bien.

Benjamín se escabulló hasta meterse al templo, prender el costal y salir a las vivas. El humo envolvió casi todo y penetró las narices y los ojos de los federales. Causó tanta tos que a gritos pedían que se apagara la humareda.

Con la rendición de estos últimos, el alcalde entregó la plaza. El día veinte abandonamos la población mientras todo mundo felicitó al general y de paso a mí, porque se creyeron lo que inventé.

En esa batalla varias cosas se me juntaron: el vómito, los dolores y las lunas, por eso desde ese día siempre me cuidé de no volver a comer carne de borrego y de cargar un trapo esponjoso para esas lunas negras que se repitieron, aunque no de esa manera.

LA HERVIDERA

Los periódicos de México llegaban a Chilpancingo o Iguala, de ái a los pueblos y luego a manos de mensajeras o chiquillos, quienes escondiéndose de los ojos y las balas de federales, los iban a entregar al campamento onde anduviéramos. Siempre atrasados dos o tres días y ya todos mochos, pero algo se podía averiguar ái. Como muy pocos le sabían a las letras, de a luego me los daban pa leérselos en voz alta. Me gustaba hacerlo y de pilón me ganaba más respeto. Además me emocionaba al mirar fotografías o dibujos de los automóviles que anunciaban y que corrían a dieciséis kilómetros por hora. Muchos de la tropa, capitanes y hasta generales se juntaban con curiosidad alrededor de mí pa que les contara acerca desos vehículos que, según leí, tenían veintiún caballos de vapor. Se decía que en la capital había más de ochocientos, pero por nuestros rumbos si acaso dos o tres.

En una ocasión, un teniente de calzón blanco y paliacate preguntó cómo era eso de que veintiún cuacos echando vapores jalaran un carruaje. El Tlacuache, quera un cabo a quien apodaban así porque tenía los ojos saltones, contestó que de seguro avanzaban por la pedorrera de los caballos. Todos nos carcajeamos, pero luego yo les expliqué que no eran cuacos y me costó mucho trabajo que entendieran cómo fregados le hacía una máquina pa jalar un Ford, un Fiat, un Peerless, queran algunos de los nombres desos automóviles y que yo me aprendí de tantas veces que los miré en los periódicos.

Cuando leí en *El Imparcial* que había un automóvil Protos que fue "el vencedor de la carrera México-Puebla", me hice a la idea de conocer uno desos en persona, no nomás en periódico.

Pa febrero del año trece el país andaba a la hervidera y la tinta de los periódicos corría como sangre fresca por tanto asesinato.

Desde tiempo atrás ya habíamos roto con el gobierno de Madero y por lo mismo los federales olfateaban nuestros campamentos pa atacarnos, pos querían obligarnos al desarme. Esa era la razón de que nos meneáramos muy seguido de un lugar a otro. Aun así, te lo repito, Angelita, gracias a los chiquillos y a las viejas que nos conseguían los periódicos, pude leer en *El Diario* que, durante varios días, los balazos agujerearon las paredes del Palacio Nacional y hasta las cabezas y las tripas de quienes luchaban ái. Vi la fotografía del Zócalo de México que se volvió un camposanto, pos se miraban montones de cristianos tirados en el suelo con balazos por todas partes y hasta mulitas muertas, desas que jalaban los tranvías de la estación que estaba frente a la catedral y que conocí cuando fui pa allá.

Varios periódicos, que estaban del lado de Huerta, dijeron pura mentira, pero luego, leyendo otros, supe que Madero no se dio cuenta de que una serpiente con ganas de poder se iba enroscando a su cuerpo con la intención de tumbarlo, y aunque su hermano le advirtió que Huerta era más peligroso que todas las culebras del país, lo nombró comandante de las Fuerzas Armadas. Ese general era peor que una nauyaca, pues con palabras llenas de veneno, por debajito del agua, fue endulzando los oídos del presidente hasta quitarle el poder, clavarle los colmillos y mandarlo a la tierra de los muertos.

Gracias a un chamaquillo, quera rápido de patas y de manos pa agenciarse lo ajeno, pude leer quel veintidós de febrero, en la hora nocturna, soldados que antes fueron fieles sacaron a Madero y a Pino Suárez de sus camas para treparlos en dos automóviles y llevárselos al Palacio Negro de Lecumberri. Antes de llegar, a Madero lo bajaron y le asestaron un tiro en la cabeza que le entró por la nuca y le salió por la frente. Lo mismo hicieron con Pino Suárez, quera el vicepresidente, pero a él le dispararon trece veces seguidas en todo el cuerpo.

Los traidores plomearon ventanas, tronaron llantas, estrellaron faros y dejaron los toldos de los autos llenos de agujeros para, como te dije, hacer creer que ellos, cual si hubieran sido maderistas, se enfrentaron con los asesinos pa defender al presidente.

Eso leí pues, pero también pelé los ojos pa ver bien las fotografías del periódico y miré que Madero iba en un Protos y el vicepresidente en un Peerless, vehículos que rompían la velocidad del viento y que, aun así, no fueron tan rápidos como aquellas matazones.

Aunque nosotros ya íbamos contra las fuerzas de Madero, nunca me imaginé que el presidente terminaría así, ni que pronto tendríamos un enemigo más canijo.

Tiempo después, cuando fui a la capital y conocí esos autos, sentí ganas de manejarlos por las avenidas que no eran de tierra, ni de piedras, sino que estaban planitas pa poder correr a gusto esas máquinas de cuatro ruedas. También me vinieron a la cabeza los retratos de aquellos días trágicos en los que nuestro país, igual que los automóviles donde viajaban el presidente y su vicepresidente, quedó manchado de traición para siempre.

DE COMISIÓN

Luego desas fechas donde la pestilencia a muerte se regó por todo el país, leí que hubo un presidente que duró menos de media hora en el puesto, porque Huerta, como si hubiera sido ficha de ajedrez, lo puso, lo quitó y se nombró a sí mismo presidente constitucional.

Entre tanto reborujo, nuestro ejército andaba muy corto de parque y más de centavos. En pueblos, haciendas y rancherías, yo me las ingeniaba pa que me dieran dinero a cambio de alguna cosa o favor. Era asunto de convencer, y para eso yo era bueno. Otros pa mantenerse y seguir en la batalla tenían que robar o saquear, pero eso no cuadraba con las ideas de mis generales, aunque a veces no había de otra.

Salgado, quien sabía que yo hablaba bien, era de fiar y conocía de números y letras; me preguntó si estaba dispuesto a irme de comisión pal Golfo, porque se había enterado de que los petroleros gringos traían ojeriza contra Huerta y con suerte podrían apoyarnos con billetes, así como apoyaron a Carranza y su movimiento constitucionalista.

Le pregunté qué pasaría con mi tropa, con mi gente. No eran muchos en aquel entonces, pero eran mi responsabilidad. Contestó que iba a incorporarlos a su batallón. De rápido acepté, pos era un buen reto. Si conseguía los billetes seguro me subían de grado, además Cirilo, el del telégrafo, tiempo atrás me había dicho que se ganaba mucho dinero con los montones de chapopote que sacaban varias compañías extranjeras en Veracruz y Tabasco, como esas del Águila y la Tuxpan, Co.

Siempre he tenido curiosidad de saber qué es eso de Co. ¿Tú lo sabes?

Ay, Angelita, ay, Angelita, ¡pos claro! ¡Claro que no! Nunca supe qué fregados eran esas méndigas letras de Co. El cuento es que acepté, pues, pero le pedí a mi general que fueran conmigo dos soldados de mi confianza: Rogaciano, el sindientes, quera ladino, astuto y tan bueno pa montar como pa manejar fusiles y carabinas, y Serafín que sabía descabezar un guajolote, clavarle el cuchillo a un puerco, asar las carnes, molcajetear chiles, jitomates y esas cosas de la comedera que yo sabía hacer, pero no me gustaba.

En el ejército se ordena y se obedece, así que aunque Rogaciano torció la boca no le quedó de otra que aprestarse para ir. Serafín se nos cuadró con una sonrisa y rápido se fue a guardar sus chivas en un morralito. Yo hice lo mismo, pero metí en mi mochila un pantalón, un cincho y un rebocillo que escondí entre una camisola. Revisé que lleváramos las armas. El general nos dio algo de parque. Yo llevé unos centavos, no era mucho, pero de algo nos serviría. Ordené irnos cuanto antes.

Me despedí de mi cuaco, de los dos soldados que se quedaron de mi tropa, de mi general y a golpe de pata nos fuimos pa Iguala. No estaba lejos. Ahí esperamos ajuerita de la estación del ferrocarril. Cuando por fin salió el tren y apenas iba a paso lento, nos trepamos y de rápido subimos al techo de un vagón. Tatemados, con harta hambre y sed, llegamos a Cuernavaca, comimos cecina robada y nos echamos unos pulques también de obligada gratuidad. La estación estaba repleta de pelones; tú sabes, así se les decía a los militares. Ellos sí tenían quien les cortara el pelo a casquete corto. No como uno, que se las tenía que ingeniar con tijeras o hasta con cuchillos pa cortarse las greñas.

Fingiendo ser civiles engañamos al jefe de tren con unos boletos quel canijo del Rogaciano, mano rápida, le robó a una familia que se tuvo que quedar en Cuernavaca mientras nosotros viajamos cómodamente sentados en bancas de madera. Eso sí, nomás ojeando que no fueran a apercibir quiénes éramos en verdad.

Llegamos a México en la madrugada, hacía un frío del demonio. Esperamos el amanecer pa salir de la estación. La ciudad estaba triste, ojerosa. Pedazos de puertas rotas, ventanas quebradas, paredes llenas de agujeros, casas incendiadas. A pesar deso, sus calles con edificios de dos o tres pisos me asombraron. Era muy temprano cuando vi un automóvil solitario y me imaginé que yo podría correrlo por esas avenidas pavimentadas. Con un hoyo en la panza de pura hambre, el bendito olor de una panadería nos llevó a sus puertas. Entramos. Con la Casimira en la mano, dije que éramos revolucionarios del sur. El panadero nos vio con ojos grandes, era un español gordo de bigotes blancos, no gritó, ni hizo cara de susto; por el contrario, agarró una bolsa y la llenó con chilindrinas, conchas, polvorones y unas teleras calientitas quel Serafín y el Rogaciano devoraron como puercos, y yo también, pa qué mentir. Cuando salimos de ái, el español ese nos encomendó a la Virgen del Pilar, pero bien me acuerdo de que ya en la calle voltié y miré cómo de rápido le echó llave a la panadería, persignándose varias veces y haciéndonos la señal de la cruz.

Andando rápido y cuidándonos de gendarmes o pelones, llegamos a la estación del Mexicano, tren que iba para Veracruz. Cazamos el mero momento de la salida, para a la mala treparnos y empezar nuestro viaje al Golfo.

Cruzamos la sierra, llena de pinos con un canijo aire frío que no nos dejaba dormir, hasta llegar a la ciudad de Puebla. Se miraban hartas cúpulas y torres de iglesias, olía a lluvia, naranjas y mantequilla. En la estación nos bajamos, nos revolvimos con la gente que estaba ái, mis compañeros fueron a orinar mientras yo me hice guaje y me fui pa atrás de las vías, onde nadie me viera pa descargar también las aguas.

Pitó el tren en señal de que ya se iba, nos juntamos y rápido nos trepamos otra vez, Rogaciano se había hecho de semitas y camotes que compartió con nosotros al tiempo que avanzábamos mirando hacia atrás los dos volcanes copeteados de nieve y uno más grande al frente, nevado también, el Pico de Orizaba.

Pasamos por Río Blanco, donde reconocí la fábrica de hilos y telas que me había contado el Cirilo; se había ido a la huelga antes de que iniciara la revuelta y los federales de Díaz mataron a los obreros, como si hubieran sido cucarachas. Eso calentó los ánimos no solamente por aquellos rumbos donde el chipichipi no para, sino en varias partes del país.

Llegamos por fin al canijo frío de Veracruz, las palmeras tocaban el suelo de tanto ventarrón y parecía que uno iba a salir volando. Era el viento norte que se te metía hasta por las orejas y que fui a conocer por esas tierras lejanas. Así es el puerto, en veces quema, en veces hace que le tiemblen a uno los dientes. A los que tengan, porque Rogaciano los perdió a saber ónde.

De ahí nos fuimos en otro ferrocarril, todo destartalado y ya sin tanto pelón, hasta los pozos de chapopote que parecían valer más quel oro o la plata. Como los gringos de las compañías petroleras andaban a las vivas y con miedo, no pudimos sacarles ni un centavo. Decidimos emprenderla más pal sur, hacia San Juan Bautista, pos oímos que por allá había mucho petróleo y, con seguridad, billetes.

Locomotoras oxidadas, vagones rotos, rieles levantados, ríos por todos lados y pantanos fue lo que hallamos. El calor se pegaba a la piel que parecía olla echando vapores. Quitándoles a pescadores o campesinos sus caballos o sus barcas, continuamos nuestro camino. Caballos que parecían costales de huesos y que con trabajos nos cargaban un rato y barcas de palo viejo que remábamos con dificultad sobre aquellas aguas que vienen y van pa nunca acabar.

Fue muy largo el camino. Hubo trechos donde el cielo se oscurecía de repente a causa de nubes negras de murciélagos; miramos gente con caras amarillas enfermas del paludismo y corrimos pa alejarnos de ái; escuchamos sapos enormes que croaban toda la noche pa acompañar nuestra falta de sueño. Coralillos escondidas entre raíces gordas ganosas de clavarnos su veneno, lenguas de helechos que con el viento sonaban como murmullos de nahuales; plantas que comían moscas y ojos de caimanes con hambre de carne fuereña.

A pesar deso llegamos salvos a San Juan Bautista, pueblo con calles empedradas y tejas coloradas. Haya guerra o paz siempre se canta por allá. No hallamos más que charcos de chapopote y ni un gringo a quien sacarle centavos; sin embargo ái, entre ceibas y tantos ríos como las rayas de mi mano, conocí a la segunda Lupe, patrona de las risas y la flor de matalí. Cuando la noche apenas se pintaba de azul, la miré parada frente al zaguán de una casa sin cerrojos. A pesar de su mirada tierna, era güila. No tenía tetas grandes ni piernas largas, pero hubo algo en ella que me hizo temblar. Su boca de tuna roja, su pelo como cola de caballo. Esa Lupe era un golpe de ola, un relincho de yegua, una tarascada en el espinazo.

Rogaciano se fue a meter con una pizcapocha brava que pidió pago por adelantado; como el sindientes no aceptaba, ella se sacó las chiches y se levantó las naguas pa enseñar sus encantos. Él se relamió los bigotes, sacó unos centavos y se los entregó sobándole la retaguardia. Serafín se perdió con una cachetoncita descalza de piernas como ceiba.

Entre las miradas y los pizpireos de otras cuscas que estaban por ái, con las piernas temblorosas, me acerqué a la puerta sin cerrojos, saqué un cigarro y le ofrecí otro a la segunda Lupe. Me dijo que ese era su nombre, pero que para mí era Luna. Fumamos. Empujó la puerta y me invitó a entrar. Me sudaban las manos y tenía la boca seca al tiempo que sentía el corazón como un caballo desbocado. Esa canija Luna me dio a beber agua de matalí. Me asomé a su lengua. Acaricié su piel. La mordí.

Me desabotonó la camisa, miró el rebocillo que me apretaba el pecho. No dijo nada. Entre sudores y temblorina traté de hablar. Me puso un dedo en la boca. Se quitó los zapatos, la blusa, las naguas. Me acostó en un sillón amarillo. Con mano larga agarró la Casimira, la sacó y la puso a un lado. Me dejé querer. A pesar de que afuera sonaban pasos de quienes buscaban placer, me invitó a quedarme con ella toda la noche. Yo me sentía como borracho aunque no me había tomado ni un mezcal, borracho de algo nuevo porque nunca nadie me había tocado así.

Miré el amanecer con ojos más abiertos que un pozo. Cuando el sol hizo brillar los tejados de aquella tierra mojada, me abotoné la camisa, agarré la Casimira, la puse en su lugar. La Luna se vistió con manta de cielo y a mí me saltó el corazón, luego salimos pa refrescarnos. Caminamos a donde el agua se torna mar. Luna, Lupe o Guadalupe se metió y se fue a nado como sirena, yo desde la orilla nomás miré que dejó una larga estela blanca. Grité sus nombres con la fuerza de un cañón. Grité porque me había pintado por dentro con un rojo más fuerte que la sangre. Apreté los puños, los abrí y miré que en mis manos había manchas de cigarro y Luna.

Rogaciano me anduvo busca y busca mucho rato, según dijo. Cuando me halló, relamiéndose aún los bigotes y apestando a sudores propios y ajenos, me contó que se había enterado, por la cusca rezongona, que habían llegado muchos soldados huertistas y que cual caimanes estaban infestando la zona, que debíamos pelarnos de ái lo más pronto posible.

Todavía con el sabor de la Luna fui junto con Rogaciano en busca del Serafín, quien estaba con su cachetoncita descalza. Le explicamos lo que ocurría. No quería dejar los retozos, los picoretes; sin embargo, luego de oírnos, aceptó que nos fuéramos. Antes de jalar con nosotros le regaló a la güila una medalla y se dieron un beso largo, un beso de victoria, de triunfo. El Rogaciano lo apuró a punta de gritos por tardarse y sobre todo por haber regalado algo de valor.

Serafín se apartó de la güila y como si hubiera perdido el habla no contestó. Ni ái ni después.

Así iniciamos el camino de regreso. Mientras salíamos de San Juan Bautista, pensé en el beso de aquellos dos, en la embriagada que me di sin tomar mezcal y observé la cara roja como manzana del Serafín onde miré reflejada la mía.

Luego me enojé conmigo por no haber conseguido lo que me pidió mi general Salgado y peor me puse cuando me busqué en el pantalón y me di cuenta de que la Luna había cargado con mis billetes.

LA CULPA

Con la cabeza en la Luna y sus olores en la carne me la pasé piense y piense que no, que eso no, pero que sí, que eso sí. Tal vez la Zopilota tenía razón y me iba a condenar, tal vez mi madre, mi hermano, la gente.

La revuelta se puso canija por esos rumbos también; los huertistas, como le dijo la pizcapocha al Rogaciano, eran de temer. Atajaban caminos, custodiaban vías, espulgaban trenes y no nos quedó de otra que regresar por la selva donde la maraña de árboles y las nubes de mosquitos no dejaban pasar el sol, además, si te picaban te enronchabas provocando dolores y rasquiña. La peste era insoportable pos la hojarasca se pudría junto con restos de animales. Y pa colmo, el agua por todos lados con el cuento de nunca acabar.

Errar el camino en esos terrenos cuajados de pantanos pudo haber sido fatal, pero yo me encaramaba a un árbol u otro para ubicar ónde estaba el sol y orientarme. Apuntaba el brazo derecho a la montaña por la que sale, el izquierdo al lugar donde se mete. La frente al norte y al sur mi espalda. De esa forma y también igual que cuando éramos chiquillería, miraba si había pájaros por ái. Nomás de mirar pa ónde volaban sabía el rumbo que teníamos que agarrar para hallar gente, comida. Nunca se lo he contado a nadie porque me juzgarían loco, pero por esta que así logré salvar esos días difíciles.

Luego de andar a las vivas, tantear el terreno y sobrevivir a aquellos rumbos sobrados de peligros, salimos de la selva y hallamos un campamento. Los ojeamos con cuidado y vimos queran de los nuestros. Nos identificamos con el cabecilla y aunque nos vio con reserva, permitió que nos uniéramos a ellos. Iban en busca de un grupo de huertistas que estaba por allá. Días y noches anduvimos con esos pronunciados, mismos días que aproveché pa conseguir balas y también pa, a la manera del tlacuache, hacerme de unos billetes. Ya te dije que robar no cuadraba con nosotros y menos a los del mismo bando, pero no tuve de otra.

Con ellos llegamos a un río más grande quel Mezcala. Era ancho y con la corriente tan fuerte que pa poderlo cruzar hombres y animales nos tuvimos que trepar a unos chalanes que les quitamos a los lugareños, pangas les dicen en mi tierra. Cuando estábamos en medio del agua, oímos tronidos en el aire a causa de una disparadera que nos tupió muy duro. Todo fue destanteo en ese momento. De un jalón hubo tantas bajas que hasta al cabecilla le dieron. Varios nos tiramos al agua. Serafín se echó antes que yo, y luego el Rogaciano, quien con esfuerzo nadó pa alcanzarnos. Luchando contra la corriente y los plomazos nadamos entre cuerpos que se jalaba el río. Muy pocos llegamos a la orilla. Desde ái vimos cómo la panga se iba llenando de agua y se sumergía junto con hombres que se meneaban cual pescados en asfixia y otros que se ahogaron, dejando salir nomás bolitas del agua. Los huertistas desde el otro lado del río, con sus chacós y sus bayonetas, trepados en buenos cuacos, mataron y se fueron.

A rastras y a paso cansino huimos de ái. Cuando por fin estuvimos a salvo, tronados y con la boca seca nos paramos. Vimos que no nos faltaba ni un dedo, que chorreábamos pura agua y no sangre. Bebimos agua de un manantial que hallamos ái mismo. Serafín además de echarse sus tragos se remojó hartas veces la cabeza pa refrescarse. Entonces, como si ese líquido salido de la tierra le hubiera mentado algo, dijo que se iba a regresar a San Juan de Dios pa buscar a su güila descalza. Mentó que la guerra no le interesaba, que ya no quería ver ahogados, ni oír plomazos, menos matar gente, que lo único que deseaba era tener un jacal con la cusca sin guaraches, criar chiquillos, gallinas. Agarró camino, alejándose.

Aunque al principio lo dudé, luego tuve la seguridad de que se fue pal rumbo correcto. Al verlo me dieron ganas de irme detrás dél en busca de la causante de la borrachera que sentí y del olor que se quedó en mi carne durante mucho tiempo, pero mis botas apuntaron pal otro lado, pal lado de volver y seguir en la revuelta.

Miré cómo Serafín se alejaba al tiempo que corría y aventaba al aire sus cosas. Mientras volaban y caían su fusil, su cartuchera, su camisola yo me imaginaba que así algún día me iba a quitar los estorbos, las dudas. Antes de que se perdiera en la espesura, Rogaciano lo siguió, no para convencerlo de que regresara, sino pa recoger el fusil y revisar si había balas en la cartuchera. No halló ni una, volvió a trote y me dijo:

—El desertor desertó.

—¿Y usté va a ir a contarlo?

—Es mi obligación.

—Al Serafín se lo tragó un caimán, ¿me entiende? —dije, mirándolo a los ojos.

Movió la cabeza parriba y pabajo, pero aluego me preguntó:

—¿Y usté cómo le hizo, subteniente?

—¿Cómo le hice qué?

—¿Cómo le cumplió a su güilita?

—Mejor que usté —contesté de rápido.

Él se empezó a reír con una mezcla de burla y miedo. Llevé la mano a la Casimira, la saqué. Rogaciano movió la cabeza de derecha a izquierda y se carcajeó mientras me señalaba con el dedo, al tiempo que la cabeza se me empezó a hervir.

—Cuídese, Rogaciano —dije y apreté el gatillo pa darle en la mera palma de la mano. Guardé la pistola en su lugar mientras comprobé que la bala le había entrado por un lado y salido por el otro y el canalla se atajaba la sangre y gritaba que se iba a desquitar.

Que conste que no lo maté, nomás lo dejé ái a su suerte y continué mi camino sin voltear patrás.

Cuando apareció el primer lucero de la noche miré pal cielo un rato largo y sentí como si un rayo desa estrella se metiera por mis ojos.

Supe entonces que nunca iba a desertar, que no volvería por la segunda Lupe, quera mejor haber dejado al Rogaciano ái y que tampoco iba a condenarme por haber hecho lo que mi cuerpo y la Luna me pidieron.

EL CAREY

Después de varios días de andar hambreado, lleno de ronchas y con lodo hasta en las orejas, escuché relinchos, gritos, seguí aquellos sonidos hasta que hallé una tropa federal. Vi en ellos la oportunidad de comer algo caliente, hacerme de parque y con suerte de un cuaco. Me acerqué pa pedir ayuda. El jefe, un chaparro de cabeza grande, cuerpo huesudo y barriga prominente, me miró con desconfianza, pero yo rápido de lengua, con voz adolorida, inventé que los revolucionarios me persiguieron, me pescaron y después de golpearme, amarrado de patas, me echaron al río. Di detalles de cómo con dientes y uñas rompí los amarres y logré salvar la vida. Todo me creyó el zoquete y antes de acabar ya me había aceptado.

Con esa tropa de chicleros, pescadores, ostioneros, buenos con los machetes, malos con las armas, aprendí a rajar árboles pa sacarles la pulpa, a comer pejelagarto, iguanas en leña y a espulgar la carne de los armadillos.

Como yo sabía varias cosas acerca de Huerta y los sucesos de la capital, hablé de todo aquello con esa gente que casi no estaba enterada de nada. Conté acerca de los asesinatos de Madero y de su vicepresidente, cosa que encorajinó a varios, ya que Pino Suárez era su paisano, oriundo del mero Tenosique. Eso me ayudó, pues empezaron a mirar con recelo a su jefe quien obedecía órdenes federales nomás como asno, sin pensar.

Días y noches andaba yo a las vivas, porque varias veces miré quel chaparro paseaba su vista sobre mí queriendo sacar raja, hasta que me dije: "Antes queste cabezón me chingue, me voy de aquí".

Así que cuando los soldados descontentos se hicieron de palabras con él y empezaron los machetazos, mañas pa qué las quiero, les saqué parque, una cartuchera y me monté en un cuaco rápido de patas, que me ayudó a huir.

Ese caballo me sirvió durante buena parte del trayecto. Le puse el nombre del Carey, por sus colores negro, naranja y blanco que brillaban cuando se colaba un rayo de sol entre el follaje tan tupido de aquellos rumbos. Largos trechos hicimos nomás él y yo. Cuando descansábamos, me lamía las manos o los cachetes, y mientras yo me echaba un coyotito se quedaba a mi lado, de pie, pa cuidarme el sueño, digo yo. Daba mucho y pedía poco: agua, zacate y en veces caricias.

Luego de harto andar sobre lodazales o veredas cuajadas de hojas y peste, llegamos por fin a caminos de tierra desyerbados. Yo ya iba de a tiro muy cansado, aun así mis narices pudieron reconocer un olor a ocote quemado, carne asada y estiércol. El Carey se guió por aquellos olores y seguimos cabalgando hasta que miré a lo lejos un caserío iluminado. Llegamos pues a lo alto de un monte onde ya no había mosquitos ni rugidos de ocelotes.

Aire frío, cantos de chicharras y pinos muy altos fue lo que hallamos. No había gente en la única calle del lugar. Vi una casa con luz y nos encaminamos pallá. De ái cargando un quinqué de aceite salió una vieja vestida de negro. Después de tantear de qué lado estaba, me presenté como parte del Ejército Libertador del Sur. La mujer me pidió licencia pa tocarme, pos así como escuchaba bien, veía mal. Un rato mantuvo su mano en mis cachetes, hasta que bastón en mano se encaminó a su casucha; al rato salió cargando comida, agua, tabaco y azúcar pal Carey.

El frío y el viento arreciaban mientras la neblina se ponía más espesa. Quise encender el cigarro, pero cuando ella me dio mecha del quinqué sentí un empujón que me asestó el Carey, luego vi azotar su cuerpo y escuché plomazos dirigidos a nosotros. Jalé a la vieja pa tirarnos detrás del animal que se quejaba y movía las patas como si le hubiera caído un rayo. Voltié pa todos lados. Saqué la Casimira y apreté el gatillo pero no traía balas. Me sentí desprotegido. Sin la ayuda de aquella pistola era un hombre muerto. Cubriéndome con el cuerpo del animal que echaba sangre, con sudor frío asomé los ojos.

Nada.

La vieja, que estaba a mi lado, sacó unas balas de su mandil y me las dio. Extrañado pero sin razonar, rápido se las puse a la Casimira y disparé una, otra y otra vez.

Silencio.

Regresó el canto de los búhos, de las chicharras. El bosque se encendió de luciérnagas y escuché la voz marchita de la vieja:

—Parece que estoy ciega ega, pero veo mejor que tú. Debes andar ojo de águila, cuidarte, porque hay gente que no te quiere, iere.

Un rostro conocido me vino a la cabeza, una lengua descompuesta y unos ojos enfermos. Miré cómo la vieja a paso lento agarró camino entre la noche.

Con un frío que me calaba hasta los huesos, entre troncos, ramas y espinas, y con el dedo en el gatillo de la Casimira, me interné en el bosque, rompí la espesura de la niebla con los brazos, anduve un poco más, me tropecé con algo que era de fierro, lo recogí y miré quera una carabina. Una carabina conocida. La del Rogaciano. Sentí un golpe en el estómago al descubrir que me había seguido. Que me tenía en la mira.

Casi a rastras, sin hacer ruido me apresuré pa salir desa arboleda, cuando estuve afuera voltié a ver el caserío, pero solo había oscuridad. Con los huesos fríos, entendí que alguien había ido a despedirse para siempre dándome una última ayuda. Con tristeza me acerqué al Carey, abracé su cuerpo tieso y, entre el viento que arreció su fuerza, chillé como coyote, porque tuve miedo y porque una vez más me sentí solo.

LA PURA VERDAD

Habían pasado más de cuatro meses después de haberme ido de comisión y, pa mi desgracia, regresé peor de lo que me fui, solo, sin billetes y con restos de Luna acá dentro.

A saber cuántos días tuve que caminar, comí hierbas, carne cruda, lo que pude. Me agencié un cuaco, un burro. Me trepé en uno y otro tren hasta que llegué a tierras de Morelos, onde había zapatistas por todos lados y me dieron razón de cómo andaba la cosa.

Con calma en los sesos pero cansado, con mugre y peste hallé los rieles del ferrocarril que iba pa Iguala. Esperé hasta que pasó una locomotora lenta como mula huesuda. Igual que los saraguatos se suben a los árboles, me trepé al techo de un vagón. Conforme aparecían magueyeras, cerros y ríos conocidos, pensé que tenía que dar razón de la causa por la que no logré mi cometido.

Ya en mi tierra, guiado por voces de chamacos mensajeros, llegué a un campamento onde estaba la tropa que dejé. Hartas cosas eran diferentes. Me di cuenta de que había muchas bajas, que algunos subieron de grado, que varios de los que seguían en la lucha andaban más cascados de lo que yo regresé. Que se había incorporado un montón de campesinos de calzón blanco, así como enaguas con cartucheras y chiquillos de patas rápidas, buenos pa poner cara de yonofui y traer y llevar recados de pólvora.

"Piensa cabeza", me dije varias veces, antes de relatar lo que me pasó durante la comisión. Ágil de lengua, como hasta la fecha soy, hablé de unos federales con los que me junté y de cómo logré engañarlos convenciéndolos quera uno de los suyos.

Bueno pa inventar, conté acerca de los caimanes que, pa nuestra desgracia, escondidos entre los pantanos, nos emboscaron peor que los federales. Les dije que luego de ver morir a los revolucionarios de por allá, miré cómo el Serafín se hundió lentamente jalado por los colmillos de un cocodrilo. Dije que oí sus gritos al pedir auxilio y que no pude hacer nada más que mandarle una bendición y echar fuerzas pa salir de aquel lodo engañoso.

Hablé de las injusticias de por allá, de los pronunciados que conocimos, de la panga en que nos trepamos pa atravesar el río, de los balazos que nos echaron y de los ahogados que descansan bajo el agua pa siempre.

Relaté acerca de los pueblos donde uno no podía entrar por estar cuajados de mosquitos que enfermaban a la gente con paludismo.

Secretié acerca de la pizcapocha y sus maneras de encandilar a los hombres. Mi general me ordenó que hablara recio. Obedecí y entonces conté cómo la güila se sacó las chiches y enseñó la mercancía. Conforme iba relatando eso, varios soldados se acercaron con curiosidad y hasta llamaron a otros que se quedaron con la boca abierta, mientras yo daba pelos y señales de las cuscas de por allá.

De la Tuxpan y de la Águila, Co., así como de los petroleros; dije que esos gringos no tenían ya centavos ni ganas de ayudar, que parecía que lo único que querían era echar en sus velices todo el chapopote que pudieran pa llevárselo al otro lado.

Escondí las verdades como la canallada del Rogaciano, también la locura del Serafín al perderse en la selva en busca de su amor: la güila descalza de San Juan de Dios.

No hablé de los pedazos de Luna que, aunque canija y raterilla, me guardé nomás pa mí.

El general me llamó aparte, me pidió detalles acerca de la pizcapocha rezongona. Le conté la pura verdad y otro poco que inventé yo.

—Mire, a mí me gusta jinetear potrancas bravas, ¿pa dónde dice que están esas tierras?

—Pal sur del sur, mi general.

Se relamió los bigotes, pensó un rato.

—Habíamos de hacer otra comisión por allá, Robles.

Bien me acuerdo que moví la cabeza parriba y pabajo mientras él continuó:

—Usted se merece un ascenso —sentenció, mientras algunos me miraron con envidia.

Al rato un soldado de bigotes chiquitos se acercó hasta mí pa preguntarme, a la discreta, de dónde había sacado todos esos dichos.

Callado lo miré con desconfianza y recordé las palabras de la vieja eja: tienes que andar ojo de águila, cuidarte, porque hay gente que no te quiere iere.

PERINOLA

Hasta la fecha, traigo en la cabeza a Chon Díaz. Si en el ejército alguien preguntaba por el general Encarnación, todo mundo ponía cara de no saber; en cambio, si preguntaban por Chon, aluego te decían ónde andaba. Así se le conoció desde chico y así vivió hasta que lo mataron.

Cual si fuera su sombra, su perro, me le fui pegando pa enseñarme a ser como él. Quería aprenderle no nada más cosas de la guerra, sino de la vida, del corazón, pues. Pelaba los ojos y paraba las orejas pa fijarme qué tantas gracias les hacía a las chamacas. No tenía ganas de que me volviera a pasar eso de dejarme querer nomás y que se me fuera la sirena. Por eso, cuando podía, me iba pa onde no hubiera nadie. A la noche o muy temprano remedaba sus gestos, sus caras, movía la trompa como él, meneaba el esqueleto, me aprendía las canciones que les cantaba y, no te ofendas, Angelita, pero cuando lo escuchaba mentar que a las mujeres como a las yeguas lo primero era amansarlas, me ponía contento porque de eso sí sabía y sigo sabiendo, pues.

Además, dél aprendí algo muy importante: no es suficiente tener todo en la mollera, decir voy a hacer esto o lotro, sino hacerlo. A veces hasta hay que empujarse a uno mismo pa poner en práctica los planes en batalla.

Junto a la tropa de Chon también viví una de las dolencias más canijas que tuve en la guerra. Traigo anotados en mis papeles y pegados en esta cabeza blanca los días de no acabar, las noches con los ojos pelones. Y una tarde que me dejó la herida que tengo en la pierna y otra más dentro, esas que siguen vivas, a pesar de tantos años.

Eran principios del mes de marzo, año catorce. Para esas alturas ya había participado en varias batallas, primero contra las fuerzas de Porfirio Díaz, luego contra las de Madero, quien creyó que apostándole al espíritu se iba a resolver el hambre, la miseria, y ora íbamos contra Huerta.

La revolución parecía una perinola, siempre dando vueltas, resbalando, cayendo, deteniéndose nomás pa volver a empezar. Fueron años de jugarse la vida a la suerte, una y otra vez.

¿Sabes, Ángela? Ora que estoy viejo pienso que a veces se necesita alguien con quien pelear, conocerlo y atacarlo hasta la médula. A lo mejor solo yo me entiendo, pero así lo creo, porque si no hubiera habido enemigo contra quien luchar, no estaría yo aquí, contándote cómo me hice de armas, de mañas, de pantalones.

Luego de tanta batalla parece que hasta le gusta a uno dejar soldados con el cráneo roto, los sesos de fuera, escucharlos pedir compasión y no poder hacer otra cosa que apretar el gatillo.

Sí, parte de la lucha es acabar con el enemigo, pero a veces se le doblan a uno las piernas, dan ansias al ver morir a gente de su mismo pueblo, de su misma casa. En esos momentos se le quiebra a uno el alma y lo único que se quiere es recular o, por lo menos, pedir perdón.

CUETZALA

Tengo bien metido en la cabeza lo que ocurrió a inicios del año catorce. Jesús H. Salgado, quera mi general de división, recibió un mensaje de Zapata onde le proponía que reuniera a los jefes que operaban en Guerrero e hiciera un plan de campaña pa tomar Chilpancingo y, así, darle un golpe duro al huertismo. Los correos con enaguas y los guaraches chamacos, rápido avisaron a todos los campamentos. Mi general Salgado decidió que nos viéramos en Cuetzala. A ese lugar rodeado de cerros quebrados fuimos generales, capitanes y otros de menor grado, quienes con el tiempo ascendieron, como yo, y ocuparon los lugares de los que iban cayendo en la batalla.

Una vez reunidos todos, me acuerdo de que Salgado comenzó a hablar mientras el sudor se pegaba al cuerpo y las avispas volaban cerca diuno.

—Antes de que te claven el aguijón hay que acabar con ellas, igual que con los federales —dijo mientras agarraba al vuelo una y apretaba el puño.

Mentó la propuesta del general Zapata y preguntó si estábamos de acuerdo en repartir comisiones para el asalto. Dijo que debíamos estudiar los momentos precisos pa atacar o replegarse. Habló de la disciplina y de lo importante quera analizar qué fregados hacer antes, durante y después de la batalla.

Había muchas cosas en juego, Chilpancingo era una plaza muy importante y no podíamos fallar. Recordó quel general Zapata, quien tenía dominado Morelos, ya se acercaba para unir sus hombres con los nuestros y por lo mismo teníamos que mostrarle nuestro plan de ataque. Habló de inteligir una estrategia pa asegurar la victoria y que los federales no nos fueran a dar en la madre. Dijo que teníamos que ordenar las tropas, pos seríamos cientos, miles tal vez.

Guardó silencio mientras varios empezaron a cuchichear, luego prendió un cigarro, yo nomás lo vi con ganas de echarme uno también. Como desde el principio me estuve aguantando las ganas de hablar aproveché ese momento para meter mi cuchara. Pedí la palabra y ái mismo, con una vara, en un clarito de tierra sin zacate, dibujé un mapa de esa zona que conocía como la palma de mi mano. Señalé los puntos onde podríamos establecernos para sitiar la ciudad. Los caminos pa acercarnos y los lugares por ónde mero atacar.

Algunos me escucharon con atención. No había acabado de hablar cuando un capitán panzudo y chimuelo mentó que él no obedecía ni a su mujer, cuantimás iba a hacer caso de lo que dijera una vieja con pantalones, que él sí sabía por dónde mero atacar y terminó agarrándose el bulto. Escuché risas. Desenfundé la Casimira y me puse en guardia. El panzón dijo que yo no tenía nada que hacer ái, que me fuera a echar tortillas. Chon Díaz, se acercó conmigo y a la discreta me dijo que lo dejara hablar, que me estuviera en calma. Apretando con fuerza la quijada y mi pistola, me aguanté las ganas de tirarle un plomazo.

Los demás empezaron a gritar y los ánimos se pusieron más calientes quel viento de por allá. Yo sudaba de coraje, pero Chon insistía en que me calmara. Aquello se puso recio. El calor se revolvió con los gritos, con la peste a sobaco y el aire se espesó tanto que calaba las narices.

El panzudo echó un plomazo. Cuacos, perros y soldados al oír el tiro relincharon, ladraron y gritaron. El general Castillo con voz fuerte ordenó que se sosegaran. Preguntó que si alguien tenía otro plan de ataque. Silencio, nadie abrió el pico. Dijo entonces que mi estrategia pa sitiar la ciudad le parecía buena. Le preguntó a Salgado qué opinaba, él estuvo de acuerdo en llevarla a cabo. Castillo remató diciendo que había que cuidar parque y caballos y que respetaran a Robles.

Unos pocos echaron cuchicheos. Siendo del mismo ejército parecíamos enemigos. Salgado, a quien todos respetaban por su grado y sobre todo por ser un hombre cabal, apaciguó aquella situación. Mentó que estaba de acuerdo con Castillo y volvió a decir que íbamos a seguir mi plan pa sitiar Chilpancingo.

Contento por dentro, pero encorajinado por fuera, caminé hacia el panzudo, al vuelo agarré una avispa y se la aplasté en la camisola. Lo miré de frente y con voz tranquila menté:

—Quihúbole, si usted tiene un mejor plan de ataque, me le cuadro.

Luego de quitarse la avispa aplastada, mientras todos lo mirábamos, no tuvo de otra que tragarse coraje y mocos.

Mi general Salgado ordenó calma, luego empezó a dar instrucciones de cómo seguir el plan aunque agregándole sus ideas. A pesar deso me dio orgullo, pos vi cómo varios movían la cabeza de arriba pabajo. No todos.

Secándose el sudor, mi general Salgado empezó a repartir comisiones. En eso estábamos cuando escuchamos que el panzudo echaba un grito. Todos lo volteamos a ver, varios se rieron y yo también.

Pensé quen la guerra hacen falta inteligencia, maña, astucia y no panzas necias ni huevos de agua como los de ese capitán, que chillaba nomás porque una pinche avispa le había clavado el aguijón en el cachete de atrás.

EL SITIO A CHILPANCINGO

Chilpancingo en aquel entonces era una ciudad de calles de tierra viva y casas de adobe con techos de teja y palma. Ese lugar de tecorrales y avispas fue testigo de cómo se pueden matar los de la misma sangre.

Pal siete de marzo, el enemigo se apercibió de nuestros planes y salió de Iguala una columna de más de mil hombres, a cuyo mando iba el general huertista Luis G. Cartón para llevar refuerzos a Chilpancingo. Echando tiroteos lograron cruzar el puente del tren que atraviesa el río Mezcala que parece gritar de tantas aguas con furia que carga. Así llegaron a donde Juan A. Poloney, impuesto por Huerta, estaba asentado como gobernador, pero quien de Guerrero no conocía ni el pozole.

Con ametralladoras, parque y cañones, Cartón recibió la orden de Poloney de tomar el mando de la plaza pa defenderla.

La noticia, gracias a los correos con enaguas, llegó hasta nuestras orejas casi de inmediato, de modo que había que actuar rápido.

Entre tiroteo y tiroteo de los enemigos que salían a explorar, el día diez comenzó el avance de los nuestros pa tomar la capital del estado.

Al día siguiente, mi general Heliodoro Castillo avanzó desde Chichihualco y con sus fuerzas se asentó en Cerrito Rico, nombrado así porque se dice que nomás escarbas y salen pedazos de oro o plata, junto con un aparecido que, asegún le simpatices, te ayuda a hacerte rico o te avienta a un agujero pa no dejarte salir jamás.

A su vez, los demás de la división Salgado se situaron en el camino que va de Chilpancingo a Amojileca. Ái mero se estableció el Cuartel General de Operaciones.

Para esas alturas, como gotas de lluvia ligera, iban llegando todas nuestras fuerzas a los alrededores de Chilpancingo. Por lo mismo, muy seguido salían contingentes federales a husmear y echar tiros. A nosotros nos benefició aquello, pos de esa manera el enemigo gastaba su parque.

Los días habían estado nublados, pero el doce de marzo se despejó y hubo sol desde temprano, se respiraba un olor a tabaco que siempre me gustó y con él llegó mi general Emiliano Zapata. Iba al frente de la columna de hombres que estaban encorajinados contra los huertistas por asesinar a gente pacífica, quemar pueblos enteros, colgar niños y mujeres. Me acuerdo de que a muchos dellos les hablaba en lengua mexicana, ái sí yo no entendía nada.

Me llamó la atención que pisaba con el pie completo, como apretando la tierra en cada paso; me gustó su sombrero charro y que olía a tabaco del bueno. Saludó de mano a uno por uno. Cuando me tocó a mí, sentí que su mirada me calaba por dentro.

—¿Cuál es su nombre? —preguntó con voz grave.

Más rápido de lo que corre un petardo encendido, Chon contestó:

—Es el teniente Amelio Robles, mi general Zapata.

—A sus órdenes —continué yo, al tiempo que me le cuadré.

Nombrarse uno mismo vale, pero cuando logras que los demás te nombren vale dos veces, Angelita.

Ni dudarlo.

Zapata me dio la mano, que sentí callosa como la mía de tanto jalar las riendas de los cuacos, de tanto trabajar y disparar.

Mientras siguió con los otros, miré a Chon con respeto. Como iguales. Desde ese momento le tuve mucha más ley que nunca.

Ái mismo se le informó a Zapata acerca de nuestros planes para atacar Chilpancingo, mismos que aprobó de inmediato y ordenó que todo se llevara a cabo como lo habíamos pensado. Aunque no le dijeron que buena parte de la estrategia era mía, sentí orgullo. Él dispuso aumentar efectivos con su gente. Luego, trepado en su cuaco, quera del mismo color de su traje, avanzó un poco, miró de lejos las posiciones del enemigo y regresó pa hablar con los nuestros y alentarlos para lograr el éxito de la misión.

Pal día catorce establecimos el sitio de la plaza. Salgado, con aprobación de Zapata, dio las instrucciones para el asalto y la toma que se llevaría a cabo hasta el veintiséis. Doce méndigos días después.

Chon recibió la orden de irse a orillas del río Mezcala para impedir el paso de más federales que pudieran llegar en ayuda de Chilpancingo. A pesar de que yo estaba en la división Salgado, pedí licencia pa unirme a sus fuerzas.

De rápido jalamos pallá. Estuvimos unos días junto al río pescando mojarras y bebiendo ansias de pelear. Chon decía que les estábamos dando tiempo a los huertistas pa que nos comieran el mandado. Estuve de acuerdo. En doce días podían atacarnos, echar a perder nuestros planes.

Sin poder dormir, nomás ojeando por si veíamos al enemigo o esperando noticias del cuartel general, dejamos pasar mañanas y tardes. Quesque tranquilos nos entreteníamos asando pescados, pero eso no era lo nuestro. Queríamos echar tiros, dar batalla. Ya nos andaba, pues, por empezar el asalto a la ciudad.

Chon, Ignacio Maya, general de brigada que también andaba ái, y yo nomás nos mirábamos. De tanta espera nos ganó la impaciencia. Mandamos a un chamaquillo a Iguala pa que nos informara más o menos cuántos soldados estaban en la ciudad. Regresó diciendo que no eran tantos y además que no era fácil que saliera ayuda pa Chilpancingo, pos había varias tropas nuestras que los estaban vigilando.

Nacho Maya, como no queriendo, metió su cuchara. Dijo que la región que cuidábamos también estaba protegida por otros jefes. Chon movió la cabeza parriba y pabajo, se frotó las manos, me miró, vio a Nacho y dio la orden de iniciar la marcha. Enseguida avanzamos delante de nuestros hombres rumbo a Cerrito Rico, donde se hallaba el general Heliodoro Castillo.

En cuanto llegamos, Chon y Heliodoro se saludaron con harta confianza. Yo paré las orejas para que no se me fuera ni una palabra.

Al Heliodoro, de guasa le decían el Pelón.

—¿Qué hay, Pelón? —le dijo Chon—. ¿Qué dicen los huertistas?

—Ái están, como gallinas en su corral cuidándose del coyote.

—¿Y acaso están enmuinados?

—Unos sí, a otros les tiemblan las patitas.

—¿Y qué instrucciones tienes, Pelón?

—Mi general Salgado dispuso que el día veintiséis se ataque la plaza.

—Esas son las órdenes de mi general en jefe —dijo Chon—, pero yo traigo ganas de echarme un pozole bien picoso y sabrosearme una chilpancingueña, así que si gustas te invito.

Heliodoro dudó. Yo grité:

—De aquí al veintiséis falta mucho, mi general.

Nacho Maya me secundó.

Castillo se levantó el sombrero, se rascó la cabeza, preguntó:

—¿Saltarnos por las trancas las órdenes de mis generales Salgado y Zapata?

—No nos queda de otra —dijo Chon.

Hubo silencio.

Me sequé el sudor y repetí a lo bajo:

—No nos queda de otra.

El chiquillo, a su corta edad, gritó:

—No nos queda diotra.

Castillo sonrió como señal de aceptación.

Así pues, mi general Chon Díaz prendió las espuelas a su caballo, se trepó y salió al galope seguido por todos nosotros, quienes contentos de que por fin podíamos iniciar la ofensiva, gritamos: ¡Viva el Ejército Libertador del Sur! Y el chiquillo remató: ¡Viva México!

En cuanto los federales se apercibieron de la embestida, saludaron a nuestro ejército a balazos. Cuando ya estábamos dentro de la ciudad, atacamos el cuartel sin darles descanso hasta que ya no pudieron sostenerse y se escuchó que, mentando ¡Viva Huerta, muera Zapata!, evacuaron la plaza.

Agarraron rumbo pal camino que va a Acapulco; yo, dándole fuerte al cuaco con la fusta, los perseguí a todo galope. Quería coger al general Luis G. Cartón para vengar a mujeres y chiquillos, pues ese maldito tenía por gusto y costumbre colgarlos o fusilarlos ante la mirada de los hombres, a quienes ejecutaba después. Entre la polvareda que se levantó, arrecié el galope. Disparé a un lado y a otro menguando a los que iban cerca dél. Me hice uno con mi caballo pa esquivar las balas que me echaban. Tan entendido era ese animal que no hizo falta ni picarle las costillas pa que obedeciera. Apergollado de su cuello me echaba pabajo, pa la izquierda, pa la derecha y volvía a disparar con furia y buen tino, aunque el polvo me calara los ojos y no me dejara ver bien. Azotes, tronidos, gritos acompañaron la carrera. Sin pensar más quen atrapar a Cartón, me fui colando hasta casi arrejuntarme a su caballo.

Cuando estaba a punto de apretar el gatillo de la Casimira pa darle al general, sentí el rozón de una bala en la pierna. Voltié y rápido eché un tiro al que me había disparado.

Mi caballo relinchó duro, pos también a él lo habían baleado, sufrió un tropezón que hizo que me cayera, pero se me quedó atorado el pie en el estribo. El animal, dando tumbos, me arrastró un poco hasta que por fin se paró. A pesar de lo mal que traía el tobillo, pude desatorarme. El federal se aventó de su caballo pa caer cerca de mí. De rápido agarré la Casimira, pero mi mano tembló y a la hora de apretar el gatillo erré la puntería. Los balazos rompían el aire mientras cascos de caballos pasaban a nuestro lado haciendo quel polvo de a tiro cegara la vista. Con el pie perjudicado y tratando de evitar las patadas de los cuacos, me hice bola para atajarme. Desde ái, apretujando la quijada pa aguantar la dolencia eché otro tiro a quien cebó mi ataque al general Cartón, pero una vez más la puntería me falló.

Siempre había tenido buen tino, por eso no entendía por qué no daba en el blanco. El federal rodó hacia mí para enfrentarnos cuerpo a cuerpo. Me empezó a dar de golpes pero yo le regresé puñetazos y patadas. De pronto, como si hubiera tenido la fuerza de un tigre, pude someterlo. Apresté a la Casimira para darle el tiro de muerte, pero la canija pistola, así fue o así lo traigo en la cabeza, no sé, se me zafó de las manos sin dejar que apretara el gatillo.

Él se levantó e intentó alcanzar su rifle, yo con la pata que tenía buena lo aventé lejos. Me incorporé pa agarrar la Casimira pero las manos me temblaron una vez más y la canija pistola se me escurrió. Las balas cruzaban el aire mientras la columna de hombres a caballo provocó una polvareda mucho más densa. Mi enemigo me aprisionó con los brazos y trató de estrangularme. Gritó que juraba vengarse de mí, que iba a acabar conmigo, que si quería que me fuera al infierno yo, pero que no cargara con toda la familia. Sin entender por qué gritaba eso, con fuerzas que me salieron del tuétano, me quité sus manos del cuello y lo aventé echándolo patrás. Entre la polvareda que no dejaba ver nada, escuché el zumbido de una bala perdida, oí el golpe bruto de una quebrazón, un grito ahogado y luego el galopar de caballos alejándose.

Cuando por fin dejaron de pasar caballos, acabaron los balazos y la nube de polvo se empezó a asentar, la luz de la tarde se coló iluminando la cara a mi enemigo. Se me enfriaron los huesos al darme cuenta de que era Ranulfo, mi hermano, el hijo de mi madre que se había enfilado con los huertistas; aquel a quien dejé sin máscara en la fiesta del Tlacolol. Me vinieron a la cabeza los días de familia en Xochipala, el casorio de mi madre, su panza abultada y el nacimiento de ese chamaco. Me acerqué a su cuerpo tirado, vi el casquillo desa bala que le había atravesado la cabeza. Hincado, le quité el polvo de la nariz, de la frente, de los cachetes. Pude mirar con claridad esa cara que conocí desde que nació. Con el corazón como piedra observé que de su cráneo salía un hilo de sangre, de mi sangre.

Cerré los puños, golpié la tierra una, otra y otra vez y lloré como niña.

No puedo contar más porque me quebro, Ángela.

CARTÓN

Mientras yo luchaba contra uno de mi sangre, en el camino que va pa Acapulco, cerca de una ranchería llamada Los Cajones, mi ejército hirió de muerte al general Poloney y a un hijo del general Cartón.

Chon al frente de nuestras tropas hizo lo que yo no pude hacer: atrapó a Cartón, mató al gobernador y con ello continuó debilitando a las fuerzas huertistas.

Supe, porque Heliodoro me lo contó, que humillado por la derrota y con la pena de ver a su chamaco lleno de balas, Cartón entregó cañones, dinamita, cartuchos; también que con dificultad pa hablar, pero con la cabeza en alto, pidió licencia para enterrar a su hijo. Mi general Zapata reconoció que aunque era enemigo no era cobarde, de modo que le concedió lo que pedía. También me contó que no habían acabado de echarle tierra al petate en que se envolvió el cuerpo del difunto cuando se jalaron a Cartón pa formarle consejo de guerra. Fue juzgado por incendiar pueblos, matar gente pacífica y colgar revolucionarios. Se le encontró culpable y fue pasado por armas, aunque todos dijeron que ya iba pálido, con la mirada perdida, muerto desde antes, desde que vio a su hijo caer.

Mientras todo eso ocurrió, yo estuve horas con la vista clavada en la tierra que se tragaba un hilo de sangre que también era la mía.

Cuando el sol se estaba escondiendo, miré los ojos abiertos de Ranulfo y se me afiguró que observaba los colores que pintaban el cielo en ese momento. No se los cerré, lo dejé así, con la ilusión de que viera su último atardecer junto conmigo. Apareció la primera estrella de la noche, bajé sus parpados y con estas manos ajadas escarbé la tierra pa hacer un hoyo y darle sepultura. Poco antes de que el gallo cantara le eché el último puño de tierra. Con unos palos y un pedazo de reata hice una cruz y la clavé ahí pa dejar señal de dónde mero quedó ese hombre que vi nacer y morir.

Adolorido de tanto golpe, pata vendada con un pedazo de la ropa del Ranulfo y perjudicado por dentro, a rastras agarré camino pa buscar a los de mi ejército, mientras rezaba por su alma.

Y por la mía.

Cuando volví a la división Salgado, pensaba nomás en lo que le dirían a mi madre cuando preguntara por su hijo.

Por él.

Me imaginé que a la Zopilota, a mis hermanos y a su padre les mandarían un recado pa decirles que murió en campaña y que al saberlo, pa tener algo de consuelo, llevarían un cajón al camposanto pa enterrarlo, un cajón sin cuerpo, con su retrato y un rosario, porque creerían que no hubo nadie pa darle sepultura. Y en sus adentros echarían maldiciones a la Revolución porque el hijo bueno se quedó tirado sobre la tierra y acabó yéndose al cielo en el pico de un quebrantahuesos.

Y llorarían asegurando que el enemigo celebró su muerte.

Pero yo no era el enemigo.

Yo no.

LA IGUANA

Déjame abrir la ventana, Angelita, pos está fuerte la calor aquí en Iguala. Después de tanto hablar ya tengo hambre y traigo la boca seca; convídame un taquito de sal, dame un poco de tu agua, pa que le pueda seguir.

En la guerra, cuando pasan cosas que te calan, las traes en la cabeza durante mucho tiempo; andas atarantado y en veces hasta quieres echarte patrás, pero luego te bullen las ganas de luchar, de probarte que sí sirves pa vengar a los de abajo, razonas cómo atacar, peleas para darles tierra, palabra y libertad a los que nunca la han tenido.

Hay ocasiones en que presumes cómo fregados te tumbaron un dedo o una pata. Al recordar vives la alegría o los temores de aquellos tiempos, pero hay heridas que calan por dentro. Esas te las guardas durante años, no puedes ni hablar dellas, hasta que con la lengua agria de tanto silencio buscas un remedio, pero te haces guaje y ya cuando estás viejo, como yo, las mientas a alguien igual de cascado que tú.

No hagas esa cara, no hablo de ti, Angelita. Tú no estás cascada, esa trenza que adorna tu carita parece crin de caballo albino, igual quel vestido que tráis y que cuenta de tu amor por margaritas, abejas y rosales.

Ya sé que no te dejo hablar, perdóname, pero he estado tantos años así que ora que tengo con quién desfogarme, ora que te puedo contar todito de todo, me engolosino en seguir palabreando la vida de este soldado viejo.

Ángela, deja de acomodar esos claveles y siéntate aquí a mi lado pa que me oigas bien, ya ves que no hablo tan recio como antes. Te quiero contar otro poco, pos todavía tengo mecha y hay algo que necesito decir pa ver si se me sale de una buena vez, porque lo he cargado como una losa en la espalda durante mucho tiempo.

¿Te conté que luego del sitio y la derrota de Chilpancingo me ascendieron a mayor?

No. No me lo habías dicho, pero aquí estoy, toda oídos.

Subir de grado no es cosa fácil. Aunque con el dolor que ya conoces, me dio gusto estar un escalón más arriba. Todavía me faltaba mucho, pero ya iba en camino.

Pa mediados de ese mismo año catorce, mis generales decidieron que nos arrancáramos pa los rumbos de Coyuca, que está entre el mar y la laguna. El objetivo fue atacar un destacamento huertista que se había aposentado en una hacienda donde hacían hilos y telas.

Luego de días de mucho cabalgar, pos Coyuca está más allá de Acapulco, establecimos un campamento cerca de onde el agua dulce y la salada se juntan.

Una noche desas claritas de tanta luz de luna, mi general, que se había hecho de unas garrafas de mezcal, se juntó con otros pa celebrar que estábamos vivos. Como se apercibió que yo andaba todavía tristeando me invitó unos tragos.

Antes de las batallas tenía yo la costumbre de contar cuántos éramos y dos o tres días después, otra vez la contadera. Siempre resultábamos menos, siempre había alguien a quien extrañar. Bebimos, pues, hasta olvidarnos quel compadre, el teniente, el hermano, caídos en la batalla anterior ya radicaban en el otro mundo.

Entre trago y trago, una soldadera morena de boca grande y pelos chinos, a saber de ónde, sacó una mandolina y le empezó a rascar al instrumento.

Dos cabos queran cuates, negritos de la Costa Chica y que apenas se habían unido a nosotros, voltearon los pedazos de una barcaza que estaba por ái entre la arena, pa subirse a bailar.

Animado por el mezcal me acerqué a la soldadera y le pedí que me prestara la mandolina. Ella, a quien ya le andaba por bailar, me la dio con gusto.

—¡La iguana! —gritaron los cuates. Todo mundo aplaudió. Se arrancaron a guarachear, al tiempo que yo tocaba y ellos cantaban:

Uy, uy, uy, qué iguana tan fea.
¡Miren cómo se menea!

Uno dellos golpeteaba la barcaza como tambor, el otro se quitó la camisa, la aventó por ái y simuló quera la iguana; la soldadera se puso a faldear pa hacer que espantaba al animal.

Uy, uy, uy, qué iguana tan loca.
¡Miren cómo abre la boca!

El negrito sin camisa dio de brincos, cayó al suelo panza abajo, abrió la boca y sacó la lengua igual que lo hacen las iguanas.

Fueron momentos de alegría, de olvidarnos de la guerra, de darnos gusto. La noche se hizo más noche y la morena se arrejuntó con uno de los cuates pa cantarse nomás de a dos. Otros hicieron lo mismo con quien pudieron. La poca ropa que traían fue sobrando. Varios siguieron echándose sus mezcales y cantando como jilgueros algunos, como coyotes la mayoría.

Yo dejé la mandolina y, con chorros de sudor en la frente, agarré camino en soledad. De un lado oía el tronar de las olas y del otro el mecer de la laguna. Así es Coyuca, empieza una franja grande de arena y se va adelgazando hasta que se hace un hilito que apenas separa las olas del manglar.

Aventaba arena con los pies descalzos cuando de pronto sentí un empellón, luego alguien me jaló, otro me aprisionó. Me taparon la boca, traté de sacar la Casimira pero una mano prieta me la arrancó y me tiró.

Miré parriba y reconocí al que me había agarrado, era el Rogaciano. Vi que con él iban soldados de uniforme huertista.

Me amarraron la boca con mi propio paliacate. A jalones me desgarraron el pantalón, la camisola. Me arrancaron el rebocillo.

Rogaciano me manoseó, se trepó en mí. A lo lejos se escuchaba a unos cuantos soldados medio briagos que seguían cantando:

Uy, uy, uy, que se sube al palo.
Uy, uy, uy, que ya se subió.

Uy, uy, uy, que busca su cueva.
Uy, uy, uy, que ya la encontró.

Uy, uy, uy, que se mete en ella.
Uy, uy, uy, que ya se metió.

Traté de golpear, morder, defenderme. Entre burlas y carcajadas, me escupieron.

Me amarraron a una mula y le echaron un tiro. El animal corrió. Como pude, me pesqué de su cuello. Parecía que habían ido contra mí nomás, pero antes de huir echaron ráfagas de balazos al campamento.

Todo mundo se puso alerta. Hubo varios heridos. La mula asustada no se detenía, yo trataba de pedir ayuda. La soldadera me vio y junto con el negrito con quien se entendía corrieron hacia mí para atajar a la mula. Ella gritó con todas sus fuerzas que me fueran a ayudar. Cuando lograron detener al animal, me desamarró, me tapó con algo de la ropa que había sobrado poco antes y me quitó el paliacate.

Entre palabras doloridas pidiendo a gritos ir tras los huertistas, yo sentía escurrir sangre entre mis piernas. Algunos se juntaron alrededor de mí. La soldadera les gritó que voltearan la cabeza pa otro lado, que se fueran.

Esa es una herida que traigo fresca desde entonces.

Todavía se te inflaman las venas del cuello cuando lo cuentas.

Se llama rabia, Ángela. Rabia.

CRESTA

¿**P**or qué retuerces ese mandil, Angelita?

Porque aunque ya no tengo fuerzas me dan ganas de retorcerles el pescuezo a esos malditos.

Con que me oigas es suficiente. La soldadera, que lo mismo sabía usar yodo que poner vendas o guarachear enjundiosa, me curó con dedos tiernos. Cuando me rozaba los golpes o las heridas sentía la calma y hasta me tragaba el dolor. Desde aquello que pasó en San Juan de Dios nadie me había tocado. A veces hace falta una caricia ajena pa consolarse.

Podría haberme quedado así, penando, sin fuerzas, cargando la derrota durante días, pero igual quel río coge camino pa ir a dar al mar, yo elegí luchar contra las olas y como si me hubieran picado la cresta decidí que tenía que hallarlos yo mismo. Descargar mis balas sobre ellos.

Maltrecho, herido, quebrado por dentro pero con fuerzas sacadas de la carne viva, del tuétano y de la rabia, hablé con mis generales. Me apoyaron. Pusieron a varios soldados bajo mi mando y a falta de la Casimira me dieron una treintatreinta no tan mala y cartuchos pa recargarla. Ordené iniciar la búsqueda antes del amanecer.

Para esas alturas casi todo el pueblo estaba de nuestro lado, del lado del Ejército Libertador del Sur. Nos convidaban tacos, a veces techo, agua, y nos daban razón de si habían visto a un grupo de federales por ái; señalaban dónde estaban escondidos o apuntaban con el dedo el camino que habían agarrado.

Yo iba por los huertistas. Dije huertistas y, sí, iba por ellos, pero sobre todo por uno solo, uno que se cambió de bando no por convicción, sino por arremeter contra mí, bien lo sabía. A veces un solo enemigo es peor que todo el ejército.

Conforme seguíamos los caminos que la gente nos señalaba, reconocía pisadas, huellas, rastros. Pistas que iba dejando uno dellos. Un traidor siempre será traidor, esté del lado de quien esté. Yo como perro olía su rastro y le ordenaba a mi gente pa ónde jalar.

Cuando allá por El Ventarrón, donde los aires se mueven rápido, me llegó un olor a leña envuelto con el tufo que se había quedado pegado a mi carne supe que estábamos cerca.

Mi gente se alebrestó, querían un ataque rápido, darles cuello enseguida, dispararles desde ái y que sirvieran pa banquete de buitres. Pero yo ordené que no. Los necesitaba vivos. La estrategia fue colocarnos alrededor de donde estaban, formar un ruedo, estrangular el círculo y ya de cerca tirarles plomazos que nomás los hirieran.

Llegó la noche. Con el cuerpo aún adolorido pero con la cabeza ya fría, le dije a mi gente que amarrara sus caballos a unos troncos, quebraran ramas de arbustos, se escondieran tras dellas y se distribuyeran conforme a lo acordado para avanzar atajados por esas ramas.

Así, casi a rastras, cuidándonos de no hacer ruido, nos acercamos por los cuatro puntos cardinales. Estaban en lo bajo de una cascada, bebían y eructaban luego de haberse echado unos tacos. Avanzamos en silencio con calma y cautela. Escuché una risa conocida y temblé de rabia; la cabeza se me puso como comal en brasas, obligué a mis manos a sosegarse pos se aprestaron a disparar en ese mismo momento.

Al reconocer entre las sombras esa cara maldita las tripas se me revolvieron, tuve que apretar los dientes y volver a sosegar mis manos pa no disparar.

Ni cuenta se dieron de que escondidos tras ese bosque que hicimos con ramas y arbustos nos acercamos hasta que los tuvimos en la mira pa disparar sin falla. La seña para abrir fuego fue un aullido de coyote que yo eché en el momento justo.

El asalto los agarró desprevenidos. Solo uno dellos echó balazos, dirigiéndolos hacia mí. Mismos balazos que pude salvar aventándome a un agujero que había por ái.

Mi tropa sin uniforme, mi tropa de calzones blancos y paliacates al cuello, atajados por tronquillos y ramas, echaba tiros, plomazos directos a las patas y brazos desos federales malditos. Yo desde onde estaba usé mi treintatreinta con un objetivo muy claro: desgastarlo pero no matarlo. Él seguía disparando. Hirió a algunos de los míos, hasta que se le acabaron las balas. Aun así, cual animal rastrero, arañando la tierra trató de huir. Los míos, los que cargaban machete, le cayeron encima, sometiéndolo. Los federales con un trapo blanco cantaron la rendición. Ordené que los desarmaran y que me entregaran la pistola que cargaba el Rogaciano.

Luego de mentar su nombre, se hizo un silencio hasta que los guaraches de mis soldados hicieron crujir las hojas secas de aquella tierra junto al río y me regresaron a la Casimira. Con ella en las manos eché un resoplido y agarré mucha más fuerza. Con la vista en el maldito le puse el cartucho y me la guardé en su lugar.

—Mátame —gritó.

—No hay prisa. Separen a este —ordené.

El mero salto de agua onde empezaba el río me gustó pa mandar a esa tropa de malnacidos al infierno. Ái los formamos y enseguida di la voz a mi pelotón pa que los cocieran a balazos.

Con aullidos de miedo o solicitudes de indulgencia cayeron todos. Mi gente los esculcó, les sacó lo que quisieron y a patadas los echaron pal agua. La cañada rugió. Me acerqué al Rogaciano. Levanté su cara. Nos vimos a los ojos. Bajó la mirada.

Eché una bala onde sus piernas se juntan, esperé pa verlo sufrir antes de tirar la siguiente en el mismo lugar. Así, con calma descargué todas las balas de la Casimira sobre dél. Lo vi morir de a poco. Le escupí. Mi gente echó su cuerpo al río que tronó con fuerza.

La corriente se ensució con hilos de sangre maldita.

Ordené la retirada.

ZENÓN

Mirar cómo aquellas aguas manchadas de sangre se limpiaron hasta ponerse claritas me hizo pensar que así me pasaría a mí, pero, ya ves, la injuria no se borra; la rabia, aunque adormilada, sigue dentro.

Y el coraje se contagia. Aunque hayan pasado tantos años dan ganas de volverlos a mandar al infierno.

Así es, Angelita. Recuerdo que me dio gusto ver esos sombreros que se alejaron sobre el río mientras las cabezas pa las que habían servido yastaban bajo el agua y sus almas más hondo todavía.

Pero volviendo a los tiempos en que estuve en las filas salgadistas, resulta que de regreso, ya en el campamento, mensajeras con enaguas nos avisaron que cerca de Chilpancingo, camino pa Iguala, en un lugar llamado Mazatlán había una tropa huertista. Eran pocos, además cargaban treintatreintas, así pues, vimos la oportunidad de atacar y hacernos desas carabinas que le harían mucho bien a mi gente, pos todavía nos faltaba tomar Iguala y Acapulco.

Mis generales planearon la embestida; yo, como de costumbre, metí mi cuchara. Actuamos conforme lo acordado. Como siempre numeré cuantos éramos antes. Al final no solo conté que no hubo bajas, sino que subió el número de nuestras armas y de nuestra gente.

Algunos campesinos que los huertistas habían obligado a unirse a ellos, a la mera hora de la batalla se pusieron de nuestro lado y luego pidieron juntarse al ejército de nosotros.

Curioso fue que después dese encuentro, en lugar de tener un cuaco, yo tenía dos. A saber, la cosa fue así: mi objetivo era darle al general, que luego supe se llamaba Zenón Carreto. Lo perseguí a galope duro. Le disparé varias veces. Él también me disparó. Le volé el sombrero pa luego darle un tiro en la crisma, cayó de inmediato, su cuaco arreció el galope, pero yo, como en jaripeo, lacé el animal y apreté las riendas. Un buen jinete puede manejar dos cuacos a la vez, cómo de que no. Trepado en uno, guiando al otro, corrí con ambos animales esquivando balazos. Salvé la vida y conseguí un cuaco que, aunque tenía la cola corta, era veloz y entendido.

Esa misma tarde, bajo la sombra de unos árboles y ante las caras de asombro de toda la tropa, mi general Salgado me ascendió a mayor. Despuesito me puse a limpiar al caballo a quien nombré Zenón pa recordar al general que fue su dueño, porque luchó a lo derecho. Poco me duró el gusto de montar al Zenón, pos a la noche algún malnacido de nuestras mismas filas se robó al caballo y por más que busqué al animal y al ladrón no los hallé.

Los salgadistas me robaron el caballo que le había quitado al general Zenón Carreto. Yo pertenecía a la división de Salgado, pero me disgusté por el robo y entonces me hice castillista. Por supuesto, ellos y nosotros peleábamos contra el gobierno.

El robo no fue lo único que me hizo dejar esa división. Mi general Salgado, pa marzo del catorce, asumió el cargo de gobernador provisional de Guerrero y dividió el estado en cuatro zonas. A Heliodoro Castillo le tocó la región centro, donde está nuestra tierra, Angelita. Andar por los lugares que uno conoce te da ventajas. Sabes ónde y cómo procurarte el pipirín, ingeniártelas pa descansar y sobre todo conoces el terreno pa atacar o defenderte.

Con Castillo me seguí enseñando a ser revolucionario. Como ya sabes, él tuvo tres amores: la revuelta, su mujer y su caballo. Eso me gustaba. Así pues, continué operando con él, con ganas de llegar lejos, tan lejos que fue él quien me ascendió al máximo grado que llegué.

IGUALA

Setenta, Angelita, setenta.

Mentira, ya tienes cerca de noventa.

Y tú un poquito más.

Sí, pero a mí no me gusta decir la edad, así que mejor aquí le dejamos.

Pos a mí no me importa. Lo que te quiero contar es que con Heliodoro Castillo participé en más de setenta batallas.

Ah, pues, eso se dice primero.

Tengo anotados los lugares onde combatí con él: Yextla, La Escalera, Puentecilla, Huerta Vieja, El Duraznal, La Laguna, La Reforma, El Naranjo, La Hierbabuena, Silacayoápam, Tlapa…

Ya párale, que me vas a marear.

Pa marearte está el mezcal, sírvete uno.

Está bueno, pero síguele contando.

Iguala siempre me gustó. Es una bienvenida de tamarindos, la puerta que se abre pa entrar a nuestro estado. Aquí sí llegó el tren, el cine, el radio, periódicos. Y aquí está la tamarinda enorme que perfuma y adorna el zócalo, igual que tú esta casa, Angelita.

Me pones colorada.

Es la verdad y además en Iguala se puede vivir sin ojos que juzgan, sin oídos prestos al chisme, sin lenguas de víboras.

Ni duda tengo, pero síguele, pues.

Luego de que ganamos Chilpancingo y de que mi general Zapata reconociera que las ansias de Chon y de Heliodoro por adelantar la embestida nos dieron el triunfo —de mí no dijo nada—, muy de mañana hizo una reunión en el cuartel general de Tixtla, onde se nombró gobernador de Guerrero a mi general Salgado. Él aceptó, pero con la condición de que fuera provisional, gobernador provisional. No buscaba dinero ni poder, como tantos otros.

Aunque sangre de la mía cayó en la toma de Chilpancingo, haber ganado esa batalla me llenó de orgullo, pos los planos o mapas que dibujé en la tierra y la estrategia que plantié nos sirvieron pa atacar y vencer.

Ahí mismo en Tixtla inteligimos cómo tomar Iguala, esta ciudad serena, donde hoy estamos tú y yo.

Al medio día llegaron mensajes urgentes avisando que un méndigo comandante, al que le decían Papaleo, había atacado a zapatistas cerca de Iguala, en Buenavista, y se acercaba pa luchar contra nosotros.

Había, pues, que actuar rápido. Empezó la gritadera, nomás que ora bajo la guía de una voz más fuerte, una pisada más recia y los bigotes más astutos del Ejército Libertador del Sur. Aunque medio azorrillado ante su presencia, me envalentoné pa hablar, propuse mandar correos de enaguas pa avisar a los hombres, a los viejos, a las mujeres, que andábamos cerca y que necesitábamos su ayuda. No hagas esa cara de "no entendí", Ángela, estás igual quellos en ese momento.

Entonces explícame...

Como yo desde tiempo atrás conocía a la gente, las casas y hasta las piedras igualtecas, dije que era fácil que nos ayudaran; que les pidiéramos que nos dejaran subir a los techos de sus casas para atacar desde arriba; que mandáramos un recado al cura y sacristán pa que nos franquearan el paso a la hora de treparnos a las torres de la parroquia para desde ái plomear a los enemigos. Al contrario de los curas de don Porfirio, ellos sí estaban de nuestro lado. Zapata como no queriendo meneó la cabeza pa un lado y pal otro. Todo mundo guardó silencio.

—Confíe en mis palabras, mi general. Conozco a los igualtecos como a mí mismo —dije.

Mientras me escurría el sudor bajo el sombrero, Zapata se echó un cigarro; los demás carraspeaban, mentaban por lo bajo que urgía actuar antes de que llegaran las tropas de Papaleo. Mi general apagó el cigarro y mis ansias de fumarme uno crecieron, luego movió la cabeza parriba y pabajo en señal de aceptación, pero ordenó que un contingente se escondiera en el cerro del Tehuehue pa que en cuanto apareciera la avanzada de Papaleo le dispararan sin piedad y evitar así que entrara a la ciudad.

De rápido, mi general Salgado dividió el ejército dándonos gente y posiciones pa alistarnos al ataque; los que iban con mi general Zapata se fueron pal cerro, los demás rodeamos la ciudad mientras enaguas y huaraches chiquillos despepitaban los avisos por las calles igualtecas. Pa la tarde casi todo el pueblo estaba dispuesto a ayudarnos.

Mi tropa creció, y digo mi tropa porque esos viejos que nos abrieron sus casas, que nos ayudaron con tortillas pa comer; esas mujeres que se las ingeniaron pa hacer bombas caseras con frijoles y pólvora; esos hombres que se treparon al campanario de San Francisco pa balear el cuartel y ya cerquita del cielo pedir por nosotros; esos niños que echaron piedras a los federales, fueron revolucionarios también.

En cuanto el sol se metió, en silencio y formados como hormigas coloradas, desas que pican fuerte, nos internamos en la ciudad. Mis generales me dieron la encomienda de aventar dos granadas, una seguida de la otra, con las cuales empezó el ataque. Cuando los militares huertistas se dieron cuenta, ya tenían encima una tormenta de piedras y balas que hicieron retumbar su cuartel. Fue una noche larga, pero les dimos una zumba que ni te cuento. A cada minuto los debilitábamos más hasta que con los primeros rayos del sol de aquel once de abril, los árboles de Iguala despertaron bien surtidos de huertistas colgados de patas o cabeza.

La caída del huertismo se vino rápido, pues pa julio del mismo año, un general de los nuestros que se llamaba igual quel mes y se apellidaba Blanco, tomó el puerto de Acapulco.

Iguala demostró, como muchos años antes, que es heroica y noble, y yo recibí ái, ese mismo día, bajo la sombra de la tamarinda del zócalo, las palabras de mi general Heliodoro Castillo con las cuales me daba el grado de coronel. Por eso hasta la fecha grito: ¡Viva Castillo, puro Castillo!

Mi general Emiliano Zapata, luego de apretarme la mano que sentí como lumbre de emoción y felicitar al ejército, se regresó pa Morelos. Mi general Salgado se quedó pa cumplir el encargo de gobernar a lo derecho; organizar la limpia de la ciudad, la recogida de escombros, el envolver muertos en petates pa echarlos a la fosa revueltos y que llegaran al cielo no como enemigos, sino como paisanos, hermanos de la misma nación.

De eso me acuerdo bien, porque aunque el general Salgado ordenó a sus soldados limpiar, fuimos nosotros las mujeres, los niños, los viejos de Iguala quienes quitamos la sangre de las calles. Anduvimos pepenando dedos, brazos, piernas para ver si esas partes del cuerpo correspondían a alguno de los heridos.

Por eso digo que no nomás nosotros hicimos la revolución, Ángela. Bueno, Heliodoro, Chon y yo nos quedamos toda la tarde en este zócalo tamarindero que vemos desde aquí, desde nuestra ventana. El primero insistía en que su lucha era pa darles escuelas a los niños, recordaba a su mujer y acariciaba a su cuaco; el segundo se puso a cantar mientras pelaba los ojos en busca de igualtecas a quienes dedicarles sus gorgoritos; y yo estaba sereno y contento porque ora, ora sí era como ellos.

Aunque bien mirado, Ángela, ya no eran ellos y yo, éramos nosotros, pues.

MILPA ALTA

Por una mujer ladina, perdí la tranquilidad.

¿Y ahora? ¿Cómo estuvo eso?

Pa contarte necesito un caballito de mezcal, no seas corajuda y sírvemelo, ándale.

Está bueno, pero yo también me tomo uno. ¡Faltaba más! A saber lo que mis oídos van a tener que aguantar.

Prepárate pues, y ¡salud!

¡Salucita de la buena!

Andábamos ya por el año catorce. Cuando por fin el traidor de Huerta fue derrocado y Carranza se hizo el mero jefe constitucionalista, mi general Zapata dijo que no iba a aceptar a nadie que no asentara el Plan de Ayala en la Constitución. Así pues, nos opusimos a él y luchamos contra sus fuerzas porque, y esto lo digo yo, Carranza no fue más que un mistificador de la Revolución.

¿Mistificador, Carranza?

Otra vez la burra al trigo con tu carita de "no entendí". Engañaba, hurtaba, falseaba; de su apellido nació el verbo carrancear, bien sabes lo que es. ¿A poco no?

Claro que lo sé. Aquí enfrente de mí tengo alguien que se quiere carrancear mi mezcal.

Eso mero, ¡brindemos, pues!

Qué brindemos ni qué ojo de hacha. Venga para acá mi caballito.

Ahí voy.

¡No bien digo!

En aquellos días el país estaba resquebrajado: por un lado, los convencionistas, queramos nosotros y los de Villa; y, por otro, los constitucionalistas. Pa agosto dese mismo año yo andaba combatiendo en el sur de nuestro estado y hasta allá llegaron noticias de que Carranza, montado en su caballo, entró victorioso a la capital junto con otros generales y gente de su ejército que lo escoltaban. Se decía que cuando llegaron al Zócalo sonaron las campanas de catedral y echaron una salva de veintiún cañonazos, mientras él cruzaba las puertas de Palacio Nacional. Luego leí en un periódico que tres meses después en la Convención de Aguascalientes lo desconocieron como presidente y jaló pa Veracruz a poner su gobierno provisional.

Aunque ni Villa ni Zapata se conocían en persona, los dos tenían ideas que les cuadraban uno al otro. Muchas veces fueron y vinieron mensajeros de aquí pallá o de allá pacá para llevar palabras escritas en tinta y papel onde se escribían cosas importantes. Así estuvieron un buen tiempo hasta que un general de apellido Serratos logró que pudieran verse las caras para decirse en persona las cosas que se tienen que hablar a lo macho.

De rápido nos llegó la orden hasta onde andábamos pa que fuéramos a presenciar y apoyar ese encuentro. Chon y yo con nuestras tropas jalamos pa juntarnos con otras escuadras en Iguala. Pasamos a

Yecapixtla y luego de agenciarnos unas monedas, pulques y tacos de cecina en una hacienda avanzamos hacia la capital.

La orden fue llegar primero a Milpa Alta, tierra que poco antes había tomado Zapata y onde campesinos más amolados quiuno nos ofrecieron lo que tuvieran: tortillas, gallinas, gabanes, sarapes y hasta techo pa pasar el carajo frío de por allá.

Desde esos cerros llenos de nopaleras se podía mirar Xochimilco con sus canales, los volcanes a lo lejos y el enorme valle de México; también ojear si el enemigo iniciaba algún movimiento pa mandar de inmediato alguna avanzada pa darles en la torre.

Por ser un lugar seguro y estratégico, mi general Zapata instaló su cuartel en San Pablo y ái mismo ratificó el Plan de Ayala. La gente lo quería, le agarraron mucha ley, entre otras cosas, porque les hablaba en su lengua, y es que nunca antes ni un gran hombre lo había hecho, según dijo un campesino que le inteligía tanto al náhuatl como al castilla.

Estos ojos miraron cuando Zapata, con una taza de café endulzado con piloncillo, pensó y pensó hasta que tomó la decisión quel encuentro con Villa fuera cerca de ái, en Xochimilco onde estarían seguros los dos. De rápido mandó un mensajero pa proponer quel encuentro se hiciera pal día cuatro.

Villa aceptó, y por lo mismo siempre traigo esa fecha en la cabeza.

El domingo cuatro de diciembre del año catorce, esa tierra de chinampas, de lodo duro cercado por cañas y afianzado por raíces de ahuejotes, atestiguó aquel encuentro.

TIERRAS DE AGUA

Xochimilco es un laberinto de canales donde flotan pétalos chapeados como las mejillas de la viejita que está frente a mí.

¡Qué vieja ni qué ojo de hacha! Pero, ay, me pones colorada.

Ay, ay, ay, pues. ¿Ora sí brindamos o todavía no?

No me queda de otra, ¡salud!

¡Salud!

Zapata dio la orden de que bajáramos de los cerros de Milpa Alta. Rodeado de higueras y pencas de nopal eché un ojo desde arriba a ese espejismo de aguas, preguntándome qué fregados encontraría ái. Conforme nos acercamos a Xochimilco, gente de calzón blanco, guaraches, rebozos, trenzas adornadas con flores frescas, gritaba: ¡Ái vienen los zapatistas! ¡Se acerca mi general Zapata! ¡Qué chulos bigototes! ¡Rebonito su traje de charro! ¡Ni panza tiene! ¡Viva el Plan de Ayala! Además desos gritos, nos recibieron con cintas de colores, papel picado, cohetes, bandas de música y hasta ¡chinelos! Sabíamos que Pancho Villa estaba en la capital desde antes. Puso su cuartel por los rumbos de Tacuba en la mera estación de tren, lejos de onde andábamos nosotros. Según mentaba la gente, salieron de allá en la madrugada pa poder estar de mañana en Xochimilco. El Centauro del Norte llegó a caballo con muchos de sus Dorados, aunque no todos, pos algunos se quedaron a cuidar el cuartel y de seguro a pistear tantito.

Dejé mi cuaco encargado a un cabo de la tropa y, patas pa qué te quiero, pegué carrera pa irme a asomar y verlo de los primeros. Era grandote, colorado, medio chino y güero del pelo como yo, ojos de un verde aceituna que calaban recio. Lo recibieron con gritos, festejos y una botella de cerveza que él no aceptó. Con su voz norteña dijo que las cheves eran peor que meados de gato y ordenó que la tiraran por ái. De inmediato mentó que se había enterado quen Xochimilco había neveros muy buenos y heladerías de lo mejor, por lo que pidió una malteada de fresa, pero no hubo. Le ofrecieron nieve de higo con mezcal, de rompope con pasas, de tequila con limón. Con las orejas prestas escuché que gritó quel alcohol nublaba la vista, ponía a la gente en estado burro y causaba problemas. Entonces le ofrecieron nieve de pétalos de rosa, la probó y esa sí que le gustó.

Así fue el Pansho Villa que yo conocí, grandote y deresho, de actuar duro contra los poderosos, disharashero, preocupado por educar a los shiquillos, apapashador, shingüengüenshon con las shamacas y antojadizo de las malteadas.

¡No pierdes oportunidad de lucirte!

¿Y eso qué?, nomás estoy contigo, nadie me oye, shaparrita.

No bien digo, genio y figura…

Cuando se acabó su nieve y mordisqueó el barquillo, arreció el paso pa juntarse con mi general Zapata. Yo de vuelta corrí pa adelantarme y estar presente ái. Ya también estaban mis generales y ambos ejércitos, ¡era un gentío! En cuanto se vieron, se saludaron poniéndose la mano en la frente, pero se quedaron callados, tiesos, sin palabras. Nosotros también. Entre el silencio nomás se escuchaba el relamido de Villa que saboreaba la nieve que le había quedado en los bigotes.

Parecía que no tenían nada que decirse. Intentaron darse un abrazo pero chocaron sus sombreros. Uno de charro, el otro de casco. Ciscados se echaron patrás, pero de rápido se carcajearon y todos nos reímos. Se dieron el abrazo, pues, y al rato no les paraba la boca.

Caminaron a una casona y se metieron. Ái ya estaba un maestro de bigotes parriba que era de las confianzas de los dos; clarito escuché su nombre: don Otilio Montaño. Él dijo unas palabras y luego frente a varios de nosotros como testigos, firmaron el Pacto de Xochimilco, onde le dieron ley a la alianza entre nuestros ejércitos. Ái mismo discutieron lo que harían pa combatir los descaros y las canalladas de los constitucionalistas. Villa mentó que siempre había tenido estima por Zapata y su gente. Eché miradas contentas a los que iban con nosotros, recibí sonrisas de orgullo. Luego dijo que Carranza había nacido en cuna blandita y por eso no sabía lo quera pasar hambres desde recién parido y, por lo mismo, llevar una vida de nomás sufrir. Muy serio agregó que esos catrines querían seguir perjudicando al pueblo al regresarles sus terrenos a los méndigos hacendados.

Zapata estuvo de acuerdo y mentó que nosotros, ya fuera con fusil, carabina o machete, defenderíamos el Plan de Ayala y el pacto que acababan de firmar pa desconocer a Carranza y a Álvaro Obregón, nombre que me llamó mucho la atención, pos poco sabía dél. Todos gritamos diciendo que sí, alzamos treintatreintas, navajas, pistolas. El cielo se adornó con sombreros, paliacates y hasta escapularios que aventamos parriba. Cantores y corrideros se echaron unos versos. Otros chiflamos de gusto.

Luego de la firma cada quien agarró por su lado. Aquello era pura algarabía. Zapata y Villa se fueron a almorzar. Les ofrecieron mole de guajolote cuyo aroma a chile y chocolate los llevó hasta una mesa que tenía tortillas calientitas, arroces, tamales de acociles, aguas frescas y otras delicias como mixiotes de conejo. No hubo pa todos, así que Chon y yo agarramos camino pal embarcadero. Luego de echarnos unos tacos, lo convencí de pasear en esas trajineras de las que tanto había oído hablar. Eran una chulada, tenían nombres de mujeres escritos con flores como para enmarcar a una que tengo aquí enfrente.

¡No se te va una!

Es una flor que te echo, Angelita. No hagas muina.

En los canales se deslizaban canoas con hombres que vendían tepache, pulque, aguardiente. Mujeres en piraguas, con sus chamacos a la espalda, ofrecían jícaras llenas de frutas. Garzas de a montón, ranitas de árbol, patos y loros que al vernos interrumpían su reposo pa pintar el cielo con sus plumas.

La guerra se fue de descanso y yo disfruté aquellos aires frescos como son los de México. Me contenté con la calma de esa agua dulce sin corriente ni olas.

El silencio se rompió cuando a lo lejos oímos un canturreo que se acercaba flotando. Era la voz de una mujer que iba en una trajinera guiada por un viejo que parecía tener dos jorobas; él detuvo la embarcación frente a la nuestra, agarró una guitarra y se puso a tocar. La mujer cantaba y las notas de su voz chispeaban como diamantina sobre ese laberinto de agua.

Al ver sus ojos negros y su cabello que volaba como las crines de una alazana, comencé a sudar cual si el agua bajo mis pies estuviera hirviendo. En mis orejas oía su canto y en el pecho sentía los latidos de mi corazón que brincaba peor que una vaquilla en jaripeo.

Chon rompió aquella ilusión al preguntarme qué decían las letras de la trajinera que estaban hechas con flores.

—Lupita B —contesté. Y eso fue lo último que pude decir, pos cuando miré de cerca su piel blanca como de lirio y sus… sus… se me fue el habla y cual perro asustado me hice bolita. Quería quel agua me tragara aunque también deseaba siquiera rozar un brazo, una mano della.

Chon aprovechó el momento, se paró mero en la punta de la trajinera, se quitó el sombrero y se soltó a cantar:

> *Y si Lupita quisiera ser mi novia*
> *y si Lupita…*

Aunque Chon no había terminado, ella de rápido contestó:

Soy huerfanita, ay,
no tengo padre ni madre
ni un cariño, ay,
que me quiera consolar.

—Pos para eso estoy aquí —gritó Chon—, ¡pa darle consuelo a huerfanitas como usté!

Sentí un comal debajo de los pies al mismo tiempo que la cabeza de a tiro me hirvió. ¡Y yo que creí que la guerra se había ido a descansar! Nada. La mujer que echaba chispas de tan así pues... como era, se subió a nuestra trajinera. Yo estaba empapado de sudor, me sentía feo, sucio y con harta vergüenza. Luego ocurrió que ella se empinó un trago de una botella que llevaba y cantó muy cerca de mí:

Estrellita del lejano cielo
que miras mi dolor,
que sabes mi sufrir,
baja y dime si me quiere un poco,
porque yo no puedo sin su amor vivir.

Tieso, sin quitarle los ojos dencima no pude hacer otra cosa más que darle vueltas con las manos a mi sombrero, pero ella lo agarró y se lo puso.

Herida dulce.

Se acercó el dedo a la boca, le dio un beso y luego me tocó los labios con ese dedo bendito.

Herida media.

Se quitó el sombrero y me lo acomodó en la cabeza.

Herida profunda.

Pidió dinero. Sin hablar saqué una moneda zapatista de cincuenta centavos, pero Chon me la arrebató pa dársela él, nomás que a la hora de entregársela le jaló la mano pa arrejuntarse con ella, quien rápido brincó pa su trajinera y ya ái se la acomodó en una bolsita que traía entre las... desas, pues.

Chiches se llaman. A las cosas por su nombre. ¡Sírveme otro trago!

La moneda que yo había cargado durante días en la bolsa de mi pantalón ora estaba guardada entre sus… ¡ya lo dijiste tú! ¡Eso no fue herida, fue estocada!

Estocada doble.

Cuando ella ya estaba en su trajinera, yo dizque queriéndome caer hice fuerza pa un lado y pal otro con las piernas para que la nuestra se ladeara y Chon cayera al agua.

El viejo rejorobado metió su remo al agua y se apuró pa irse de ái, entonces vi cómo aquella mujer, cual si hubiera sido una ilusión, se alejaba entre los laberintos de Xochimilco.

Me puse lacio, como perejil sin agua y me guardé en la cabeza su nombre escrito con flores: LUPITA B.

Por la noche, envuelto en mi gabán, traté de dormir, pero la letra de aquella canción que me cantó me rezumbaba en las orejas.

¿Y Chon? ¿Lo dejaste ahí para que se lo comiera el perro de agua?

Claro que sí, ái lo dejé.

Mira nada más, de las cosas que se viene una enterar. Por andar de enamoradizo olvidaste al amigo y pa colmo por culpa de una canturrona.

No te me pongas brava. Sí, ái dejé a Chon, con ganas de sumirle la cabeza en esas aguas, pero… un rato nomás. Luego aunque él sabía nadar le eché la mano pa ayudarlo a salir. Lo tomó a guasa y dijo quen Xochimilco había muchas flores a quienes libarles la miel.

Uno seco y otro húmedo, uno alegre, el otro agorzomado, pero amigos como siempre, nos fuimos a juntar con nuestro ejército que ya se preparaba para emprenderla hacia la Ciudad de México.

LA CAPITAL

La primera vez que fui a la capital la hallé marchita, ojerosa. A fuerza de tiros, traición y engaños había caído Madero, presidente honrado, derecho, y con él víctimas inocentes que llenaron los aires de la ciudad de un tufo a dolor y vergüenza.

En esta ocasión fue diferente. Salimos de Xochimilco, cruzamos unos cerros rocosos antes de llegar a un pueblo de nombre Tlalpan, onde el frío hizo que arreciáramos el paso rumbo a otro de nombre San Ángel. Ái los cuacos y nosotros también pudimos saciar la sed en un río llamado Magdalena, no tan caudaloso como los de por acá, pero río al fin y al cabo. Aunque no bien comidos pero ya sin sed, continuamos pa los rumbos de Mixcoac que nos recibió con tacos, tlacoyos, sopes y entusiasmo.

Según todo mundo mentaba, y te lo acabo de decir, los villistas llegaron días antes a la estación de trenes de Tacuba y hasta allá pusieron su cuartel.

Cuando los dos ejércitos nos encontramos en Chapultepec, a pesar de luchar por las mismas causas, nos miramos con desconfianza. Un buen rato estuvimos midiéndonos los camotes hasta que mis generales ordenaron que nos sosegáramos pa empezar el avance hacia Palacio Nacional.

La emprendimos por una calzada planita con bancas de piedra, árboles enormes y estatuas de fierro dónde nomás oíamos el azotar de las puertas y ventanas pues las grandes casonas las atrancaban al vernos pasar. Ambos ejércitos avanzamos en lo que fue un largo desfile, pues desde la mañanita hasta al mediodía, los Dorados junto con nosotros cabalgamos o nos gastamos botas o guaraches por esas calles sin tierra ni piedrones.

Al frente de la marcha iba mi general Zapata con su sombrero charro, chaqueta con el águila nacional en la espalda, pantalón negro ajustado; así como Pancho Villa con su uniforme azul y botonadura igual de dorada que su división. ¡Qué diferente era la División del Norte a nosotros! Hombres bien tronados, fuertes, comidos, con sus treintatreintas cargadas, botas, pantalones, camisas de uniforme y sonrisas, algunas con dientes de oro. Mi tropa con soldados, soldaderas y escuincles flacos, hambrientos desde niños, trompas resecas, camisas y calzones grises de tanta mugre, guaraches con agujeros, sombreros torcidos y cananas, muchas dellas sin parque.

Eso sí, los dos ejércitos se protegían con medallas milagrosas en el pescuezo, estampas de santos prendidas a las alas de sus sombreros. ¡Hasta ojos de venado cargaban algunos pa que no les cayera la desgracia! Pero no creas que iban agüitados, varios sonaban tambores pa acompañar nuestro paso marcial.

También hay que decirlo, ambos ejércitos, pa disgusto de algunas narices, apestaban a rancio, a sudor, a lucha de días y meses.

Era la primera vez que la mayoría de los soldados, capitanes y hasta generales estaban en la capital. En sus caras morenas, quemadas de tanto sol, se miraba el asombro con que veían tanta cosa nueva pa ellos. Se les metían las moscas a la boca de tanto tenerla abierta al ver edificios de tres o cuatro pisos, balcones y uno que otro automóvil.

Anduvimos la avenida Juárez; las calles de San Francisco y Plateros hasta llegar al Zócalo onde hallamos el Palacio Nacional. Ahí mero, un general de bigotes parriba muy trajeado y cachetón, de apellido Gutiérrez y quera el presidente provisional, recibió a Zapata y Villa.

Luego de que los tres se saludaran de forma militar, Eufemio Zapata, quien también tenía sus buenos bigotes, mentó que era momento de cambiar las sillas de montar por la silla presidencial. Hubo risas y aplausos mientras mis dos generales apretaron el paso pa seguir a Gutiérrez y entrar a Palacio. Fuimos con ellos varios miembros de sus ejércitos, así como mirones sin grado y fotógrafos con bombín cargando sus cámaras de cajón con todo y tripiés. Te apuesto a queran de *El Imparcial, El Pueblo* o *El Liberal*, periódicos que yo conocía bien, porque desde tiempo atrás, como ya te conté, las veces que podía me los echaba de cabo a rabo.

Luego de pelar los ojotes con las elegancias de un salón nombrado Embajadores, el presidente provisional invitó a Villa y a Zapata a que se sentaran en la silla del mero mero del país. Zapata le dio el lugar a Villa y él se sentó al ladito. ¿Cómo carambas pusieron sus máquinas tan rápido los fotógrafos pa tomar los retratos? No lo sé, pero hubo varios disparos, no de balas, sí de luz pa sacar esa fotografía que he visto miles de veces queriendo hallarme, pero nomás no salí.

¡Y con lo que te gusta retratarte! Raro es que ni siquiera haya salido tu nariz.

Nada. Ni nariz ni sombrero ni pistola. Nomás mis ganas de estar, de ser, de seguir. Esas sí salieron aunque no se ven.

Se me hace que son locuras desas que te gusta inventar.

Puede ser, pero también me gusta ser testigo, ver y contar lo que le pasó a mi país, a nuestra gente, a mí y a ti también, Angelita.

No, pues sí.

¿Sí o no? ¿Quién te entiende?

Nomás tú, nomás tú.

PIEDRA IMÁN

El país estaba hecho un desbarajuste en aquellos días. Con todo y eso la gente se las ingeniaba para tratar de hacer su vida.

Bien me acuerdo de que cuando llegamos y andábamos por las avenidas vimos cómo se atrancaban las puertas y luego cómo, por entre las ventanas, ojos inmóviles espiaban nuestro andar.

La ciudad era muy diferente al pueblo. No podías cortar unos quelites o matar un chivo o una gallina pa asarlo ái, así quel hambre hizo de las suyas; por eso tuvimos que pedir caridad pa comer y beber. Manos asustadas sacaban un cacharrito con agua que los míos bebían pa calmar la sed; pero no creas que todo fue malo, también hubo gente que nos recibió con tortillas y sarapes que en veces valen tanto o más que los gritos de apoyo. Hubo otros que nos miraban con ojos curiosos, como si hubiéramos brincado de la luna para acá. Así como tú me estás viendo ahorita.

Mis ojos son de sueño, llevamos todo el día plática y plática y ya se acerca la medianoche.

Tú empezaste, acuérdate. Hablaste de tu madre, la partera; de Casimiro, mi apá; de nuestros juegos de chiquillería, del Mordidas y de tantas cosas más.

Sí, pero entre el mezcal y la calor ya se me cierran los ojos.

Aguántate otro poco si quieres saber qué pasó en el Teatro Colón.

¿Fuiste al Colón? Durante años oí hablar de ese lugar; soñé con menear una falda de brillitos delante de mucha gente, pero me tuve que conformar con aprender a bailar los ritmos de por aquí. Siempre tuve ganas de conocer ese teatro, pero nunca nadie me invitó, ni antes, ni ahora.

Aunque quieras, ahora ya no existe, porque se quemó. Pero estira la oreja pa que oigas lo que ocurrió con las bailarinas y los cómicos.

Duros y a la vez sabrosos fueron esos días en la capital. Mi tropa dormía en las banquetas, en las bancas de la Alameda o en los portales del Zócalo, repegados unos con otros, pos las noches de México son una heladera para nosotros que nacimos en tierra caliente. Villa descansaba en su tren militar, como ya te dije, por los rumbos de Tacuba. Mi general Zapata se quedó en un hotelillo cerca de San Lázaro, onde estaba la estación del Ferrocarril Interoceánico.

Ni uno ni otro intentó meterse en las casonas que se habían carranceado los consusuñaslistas, quienes al enterarse de nuestra llegada huyeron pa Puebla y luego a Veracruz.

Yo me las ingenié, más con palabras zalameras que con centavos, pa convencer a una viejecita pa que me dejara quedarme en un cuarto sin ventanas, que estaba en la calle Donceles, donde pude dormir en un catre roto y hacer de las aguas en un bañillo mugroso.

Chon junto con la tropa pasaron las noches en los portales del Ayuntamiento, envueltos en sarapes. La verdad me quise perder de ellos pa mirar a gusto las avenidas donde a pesar de la revuelta corrían tranvías eléctricos y uno que otro automóvil de pedal o de motor, queran los que me hacían suspirar con los ojos abiertos. Vi gendarmes, aunque muy pocos, quienes subidos en tarimas cuidaban que aquellos vehículos no chocaran ni fueran a despanzurrar algún cristiano.

Solito, me di el gusto de irme a pasear por las calles de la ciudad. Así miré la botica del Sagrado Corazón de Jesús donde anunciaban el agua de bilis para gente corajuda, que le haría bien a una que conozco, ¿eh?

Para corajudos el que tengo enfrente. Acuérdate de lo que le hiciste al cartero cuando leyó un sobre que tenía escrito tu nombre con dos letras A, en lugar de nomás con una.

Ni me lo recuerdes, que cascada pero todavía sirve la Casimira.

¡Ya ves! Esa agua para la bilis te corresponde a ti.

Mejor te sigo contando lo que hallé cuando me fui a meter a la botica: había chile prieto pa sacar los aires atorados, que me gustó pa mandarle uno a la Zopilota hasta mi pueblo. Y entre mucha gente que pedía hierbas para las friegas, leí un letrero que decía:

No sufra más con los mezquinos, no intente eliminar sus verrugas frotándolas con las panzas de los sapos. Llegó de París la Pomada de Papel, el mejor y más moderno remedio para acabar con esos granos que afean su belleza.

Me lo aprendí, porque mi madre y la tía ía, sufrieron mucho tiempo a causa de los mezquinos. Frente a unas curaciones que despedían olores de hierbas, yodo y alcohol, se anunciaba el UNGÜENTO DEL SOLDADO, que también miré y, según leí, servía para acabar con la piojera. Muy seguido me hacía falta pa que mi tropa se lo pusiera y en veces yo también.

Ay, ¡aléjate de mí!

¡Exagerada!

Me acuerdo que afuera de la Botica me llamó la atención un cartel que decía:"Se aplican inyeiciones", y mero debajo del cartel sentada en el piso estaba una señora con un ojo turbio que ofrecía la piedra imán para atraer el amor. Como me quedaban unos centavos de los que me había agenciado en la hacienda de Morelos, le compré una. La mujer me explicó que pa conseguir lo que yo quería tenía que sobar muy fuerte la piedra y meterme en la cabeza la cara de la persona amada.

¡Ni me digas a quién te imaginaste!

No me había podido sacar de los sesos el encuentro entre los laberintos de agua y sí, luego sobé con fuerza la piedra y me imaginé que Lupita B se juntó a mí como el acero y el imán.

Ni a apellido llegaba.

Co-ra-ju-da.

En fin, la botica estaba junto a una camisería donde hacían ropa a la medida; por lo que se pudiera ofrecer, me metí a echar un ojo. Cuando salí, un poco más gordo de lo que entré, continué gastando mis botas en las banquetas desas calles con gente que caminaba medio ciscada si veía a algún revolucionario y de a tiro pegaban carrera si aparecía una tropa carrancista.

¡Muchos se han de haber ciscado contigo!

Pos fíjate que no, yo ya me había agenciado ropa de catrín. ¿A poco crees que nomás entré a mirar la camisería?

No tienes igual.

No, y a mucho orgullo.

Caminé otro poco y pa mi sorpresa encontré un gabinete de fotografía. Esa dirección también la anoté, pero en un papel pa que no se me fuera a olvidar: *Calle de la Profesa número dos.*

De pronto la gente emperifollada empezó a correr y a santiguarse mientras que los comerciantes cerraban sus locales. Un señor de panza alegre, que imploraba a la Virgen de la Pilarica, atrancó la puerta de su joyería, porque voces gritaban que Pancho Villa andaba cerca.

Era La Esmeralda que estaba en la calle de Plateros, cuyo nombre cambió enfrente de mis narices.

¿El nombre de la joyería?

No, Ángela, ¡el de la calle!

¡Pues explícate bien! A ver, ¿cómo estuvo eso?

Resulta que mi general Villa llegó ái junto con su gente y una banda de músicos. No solo La Esmeralda cerró sus puertas sino también otras joyerías que allí abundaban. Algunas mujeres escondían su cara dentro de sus rebozos y hacían la señal de la cruz, hombres de traje y bombín corrían pa alejarse de ái, pero yo arrecié el paso pa acercarme y mirar qué estaba pasando. Entre notas de un acordeón, Pancho Villa, pistola al cincho, recargó una escalera a la pared de un edificio que tenía con letras grandes su nombre: La Mexicana. Entonces sobre la placa que decía Calle de los Plateros puso otra con el de Avenida Francisco I. Madero.

Cuando acabó, pegó un grito:

Juro que me plomeo a quien se atreva a cambiarle el nombre.

Y mero abajito puso un letrero que él mismo escribió:

EL QE QITE ESTA PLACA, CERA FUZILADO INMEDIATAMENTE.

Recordó a Gildardo Magaña, maestro zapatista, que fue quien le enseñó a leer, escribir y le explicó las consignas del Plan de Ayala cuando estuvieron juntos en la misma celda de la cárcel de Tlatelolco.

Y desde entonces todo mundo respetó el nombre desa calle y hasta la fecha así se llama.

Pues no sabía…

¡Pa que veas! Y pobre del que se atreva a cambiarle el nombre, porque se le aparece mi general Pancho Villa y se lo ajusticia.

Viva Madero, pues.

Y Pancho Villa.

¡Que vivan!

A MÍ LAS BALAS ME RESPETAN

En aquellos tiempos en la capital no había el montonal de gente que ora tiene, pero igual el centro parecía un hormiguero. Como yo quería saber todo lo que pudiera acerca de Pancho Villa, lo seguí por donde andaba. Luego de que nombró la calle Madero, se encaminó pa su cuartel en Tacuba, yo iba tras dél, pero de pronto...

¿Qué me vas a contar? Alguna de tus imaginaciones...

Será verdad, será mentira, tú dirás, pero seguro te va a gustar. La cosa fue así: a Villa, como a muchos generales, le encantaba ir a las tandas y como apenas había regresado a México una tiple cómica que hacía que la gente gritara, aplaudiera y chiflara de alegría, Pancho Villa fue a verla al Colón.

¡Ay, el Teatro Colón! Siempre quise conocer a esa cómica. La Gatita Blanca le decían, ¡miau!

Ángela, ya se te subió el mezcal.

No le aunque, nada más estamos tú y yo.

Maúlla entonces...

Si tú cuentas, yo maúllo.

Entramos, pues. Yo ya iba vestido de catrín… ¿Y esos ojotes?

Vestido de catrín, ¡sí, cómo no!

¡Acuérdate de la camisería!

¡Es verdad, ya me lo habías dicho!

Villa junto con algunos de sus dorados se agarraron los asientos de mero enfrente. Yo atrasito dellos. Otra vez los ojotes… ¡Sí pagué mi boleto!

Miau.

Le sigo, pues. El telón se abrió, la música empezó a sonar, de pronto apareció tal cual una ilusión y se soltó a cantar:

> *Yo tengo un minino*
> *de cola muy larga,*
> *de pelo muy fino.*

> *Si le paso la mano*
> *se estira y se encoge,*
> *de gusto muy fino.*

Cantaba casi tan bonito como Lupita B. Mirar a esa mujer estirarse igual que una gatita y ronronear mientras nos cerraba el ojo, me hizo frotar con fuerza la piedra pa ver si se me cumplía el deseo.

En una de esas, la Gatita se bajó pa las butacas de palo, sacó dentre sus pechos una navaja brillante y filosa. ¡Ahhhh, ohhhh!, se escuchó por todo el teatro. Con calma, justo como gato que acecha a su presa, la artista se acercó a mi general Villa, mientras un cómico de panza y cachetes grandes cantaba:

Marieta, no seas coqueta.

Un coro de señoritas apareció levantando las piernas y cantó:

Porque los hombres son muy malos...

La Gatita levantó el brazo, movió la navaja como si hubiera sido una castañuela, la bajó... y le arrancó un botón al uniforme de mi general. Él se levantó de un jalón, sacó su pistola y le apuntó a la cabeza. La música se silenció. La gente contuvo el aire y yo también. Él rozó su pistola en las mejillas rosadas de la Gatita... entonces con toda cortesía le pidió que le cortara todos los botones, pa poder quitarse la chaqueta... por si hacía falta. El público exhaló. Ella con su navaja quitó uno a uno los botones, al tiempo que yo volví a apretar con fuerza la piedra imán. El público se echó sus carcajadas y aplaudió. Me fijé, pues, que los ojos verdes de Pancho Villa brincoteaban de contentos.

La orquesta volvió a tocar y el coro de señoritas cantó:

Prometen muchos regalos
y lo que dan son puros palos.

Un montón de muchachas, que eran las bataclanas. salieron a menearse muy coquetas. Di un brinco cuando reconocí entre ellas a Lupita B. Me levanté de mi asiento, la gente me chifló, me senté. Me levanté. Chiflidos. A la butaca. No sabía qué hacer. El cómico de los cachetes soltó una adivinanza:

Un astro muy luminoso,
un pariente muy cercano
y un adverbio de negación
han fregado a la nación,
¿quién es?

La gente, entre carcajadas, contestó a gritos:

Venus tía no.

Luego el mismo cómico señaló a mi general Villa y dijo:

Ya se van los carranclanes
con sus mulas de Saltillo,
porque aquí está Pancho Villa
pa picarles el fun...

Las carcajadas de Villa junto con las risas de todos los demás resonaron en el teatro, pero unos constitucionalistas, que estaban hasta atrás, se encorajinaron y al grito de: "¡Ji jay, Cahuila!, ¡la miel no se hizo pa el hocico del burro!", echaron varios tiros.

Algunas personas corrieron, otras se aventaron al piso, yo sin pensar me subí al escenario y atajé a Lupita B con mi mismo cuerpo. Entre gritos de bataclanas, carreras de músicos y balazos, la cargué y corrí con ella pa dentro del teatro. Todo se oscureció. Sin hallar la salida la bajé, entonces me tomó de la mano y me guio pa unas escaleras; subimos a lo más alto del teatro, ya arriba esperamos la calma. Cuando el corazón se le aplacó, y a mí también, entre la oscuridad me dijo:

—Gracias por salvarme la vida, los carrancistas no tienen misericordia —y lueguito me asestó un beso. Mi corazón latió más que un caballo desbocado. Desde las botas hasta el sombrero sentí algo nuevo, algo que no supe qué era. Se volvieron a escuchar balaceras y gritos pero no me importó, yo quería chiflar, correr, reírme, pegar de brincos, relinchar de contento.

Ella me agarró de la mano y, entre carteles, telones y pasillos, me guio a las prisas pa subir todavía otro poco a unas escaleras de fierro hasta llegar a una puerta, y de ái salir pal techo.

Fue aquella una noche sin luna. Lupita no me reconoció como ese a quien le había cantado en Xochimilco. Luego de un rato cuando dejamos de oír gritos y balazos, ella, ella no yo, otra vez se me puso enfrente y me besó. Fue un beso dulce y largo. Un beso que todavía recuerdo porque hizo quel corazón se me fuera a la boca. Nunca había sentido eso que me hizo pensar que yo era igual que mi general Zapata, el mejor de los mejores, pues.

Al ratillo, se escuchó el grito de una voz fuerte que decía:

—¡Búsquenme a esa gatita de cola muy larga o me los afusilo aquí mismo!

Luego supimos que ella se tuvo que esconder en el cuarto del maquinista quera el que subía y bajaba los decorados, según Lupita me contó. La Gatita estuvo en ese cuartucho varios días, con todo y sus noches. No salió hasta que las tropas de Villa dejaron la ciudad. Y se dice que hubo uno que otro fusilado por no haber dado con la escurridiza minina.

Tanto mezcal te hace inventar cosas.

No son inventos, esculca ái en el veliz onde guardo todo lo que me importa y vas a hallar el retrato que días después me tomé con Lupita B en el gabinete de fotografía, ese del que había apuntado la dirección.

Así pues fue que empezó mi historia con Lupita B, la mujer por la que perdí la tranquilidad.

LUPITA B

Mis días con esa Lupe fueron aquellos en los que la capital dormía con un gobierno y despertaba con otro; días de hambre, balazos y calma fingida. Los últimos del año catorce, los primeros del quince.

Lupita tenía labios de azúcar, negros los ojos y cabello de alazana. Desde aquella madrugada ái en el techo del teatro se colgó de mi brazo y no me quiso dejar. Hablaba de miedo, de no volver, de su virtud. Sosegué sus temores acurrucándola entre mis brazos hasta que se quedó dormida. Recorrí con la mirada su cara, su pecho agitado, sus pocos años, su cadera, hasta llegar al huesito del tobillo. Abrazado de su soñar miré cómo los primeros rayos del sol le tocaron las mejillas dándoles color. Oí el canto del gallo entre uno que otro balazo desmañanado y los resuellos de Lupita. Mía en ese momento.

Ya con el sol coloreando techos, cúpulas y las torres de catedral, me contó, con su voz de jilguerilla, que había perdido a sus padres y hermanas a causa de las treintatreintas, de los fusiles, de los machetes; que se sentía segura conmigo; que su padrino la obligaba a cantar en las trajineras y bailar en las tandas; y que cada noche tenía que entregarle dinero haciendo otras cosas.

Me dijo que no quería regresar con él, ni a cantar, ni ir al Colón o al Principal. Se paró frente a mí y, viéndome a los ojos, mentó que nomás conmigo quería estar. Un huracán me revolvió por dentro.

Me sentí valiente y cobarde a la vez. Hecho una maraña, con voz entrecortada, le dije que no podía ser.

"¿Por qué?", me preguntó una y otra vez pelando los ojos. Mi lengua se negó a moverse y no pude decir nada, pero ella sí. Habló palabras suaves y de esa manera me tocó la piel y los adentros. Bajamos del techo del teatro y pasamos juntos todo ese día. No me importó nada más, ni mi ejército, ni Zapata, ni Villa, ni Chon. Solo probar el azúcar de sus labios.

Los carranclanes entraban a casas y comercios para, con maña y manos ágiles, hacerse de joyas, dinero, muebles, lo que se les antojara. Por suerte yo cargaba unas monedas quera lo que valía en aquellos tiempos, porque los "coloraditos", billetes que sacó el quesque gobierno constitucionalista igual que los "dos caritas" y los "sábanas o calzones blancos" de los villistas, dicho sea con respeto, valían pa pura mugre. Mucho mejores nuestros pesos zapatistas queran de plata ley.

Con las monedas que yo llevaba pude conseguir que la viejilla que me rentó el cuartucho permitiera que Lupita se quedara ái, conmigo.

Ya dentro, un rayo me cruzó por el espinazo y ahora fui yo quien le besó la boca.

Con sus dedos largos y blancos me sacó la camisa, vio que una venda rodeaba espalda y pecho, la tocó con calma y delicadeza queriéndola quitar.

Le pedí que no lo hiciera. Ella quitó sus manos de mí y me preguntó en qué batalla me habían herido tanto para tener que vivir la vida con vendas pa siempre. A empellones dije frases que ni yo entendí. Seguro ella tampoco, pero dijo que no importaba, que así era la guerra. Un chorro de sudor frío corrió por mi cara, entonces se levantó la nagua y con la orilla del holán me secó.

Entre esas paredes que olían a agua estancada me atreví a cantarle bajito como había visto que lo hacía Chon. Le soplé palabras al oído. Ella me jaló pa recostarme; olvidándome de todo, acepté. Un petate sirvió pal retozo. Entre beso y juego la Lupe se montó en mí y, al rato, buscó, hurgó; no encontró. Se levantó, dio de patadas, azotó el petate, arañó la puerta y la humedad de las paredes y preguntó por qué, por qué. No pude contestar. Lloró la noche completa y sus lágrimas mojaron aún más ese cuarto.

Le pedí que hiciera conmigo lo que le diera la gana, que me arañara la cara, que me pateara, le puse la Casimira en las manos y me paré frente a ella.

Nada.

Le dije entonces que la puerta estaba abierta pa que se fuera. No disparó ni se fue. Después de mucho rato de silencio le hablé con fuerza y con palabras desas que aprendí en mi pueblo, palabras despeñadero, palabras mango y miel. Palabras rudas pa domarla, suaves pa sosegarla. Tomé su mano, puse mis labios ái. Me escupió y le pedí perdón.

Yo le pedí perdón.

No hizo ni gesto ni movimiento.

En voz muy baja canté un rato largo y, como milagro, ella cantaleó conmigo.

La capital fingía que todo estaba bien, pero sus puertas y zaguanes se atrancaban al escuchar el zumbido de una bala, el trotar de una tropa, el grito de los carranclanes o el rasgar del aire con un machete.

Lupita me dijo que había nacido cerca del Canal de la Viga, que desde niña le gustaba ver su reflejo en esas aguas quietas, pintarse los labios y la cara, ponerse un vestido de flores, ser ninfa, mariposa, clavel, Brígida o doña Inés. Ser dos. Una en la vida, otra en el teatro. Lupita fingía ser la pura verdad en el teatro del mismo modo que la ciudad fingía estar bien, en aquellos días.

En ese cuarto, tras esa puerta atrancada, oímos las letanías de las posadas, los gritos de algún fusilado, el canto de la nochebuena, cohetes y balazos para recibir al año quince, año del hambre. Escuchamos risas de niños estrenando juguetes y el llanto de los que se quedaron sin padres ni Reyes, y hasta los ires y venires pa conseguir hilos dorados, telas y encajes pa vestir al niño Jesús el día de la Candelaria.

Cuando, entre todo ese sonar, Lupita se dejaba querer, yo tenía la seguridad de que estaba ganando la batalla más recia de la revolución.

De Lupe y la ciudad me gustaban muchas cosas: su indiferencia, su aire fresco, su gallardía, sus aires de alazana. Ambas eran tierra fértil, húmeda. Me ponía contento treparme a los tranvías con ella, ir de una estación a otra o recorrer la ruta completa sentado en los asientos de madera, con tal de sacar la cabeza por el ventanillo y mirar las calles empedradas, las avenidas con uno que otro automóvil de motor, las farolas en la noche temprana que iluminaban a hombres con sombrero, mujeres con enaguas de manta o seda y chiquillos mugrosos que caminaban tranquilos un trecho y luego corrían a esconderse, porque unos carranclanes andaban por ái o porque algunos de los míos les causaban miedo por su falta de dientes, su peste a lucha y sudor o sus machetes en veces opacos, en veces con brillo. Disfruté aquellos días con la Lupe pero sobre todo me sentía el más grande, el más feliz al poner mi piel sobre su piel. Siempre, a toda hora tenía urgencia de ella.

Para esas fechas ya casi no había tranvías de sangre, queran los que jalaban mulitas o caballos. La gente prefería los eléctricos, aunque dieran toques, porque del Zócalo a Azcapotzalco hacían apenas media hora; en cambio, en los de mulitas se tardaban casi dos horas.

Salíamos poco del cuarto, pero cuando lo hacíamos, aunque tuviéramos que pagar quince centavos para ir en primera clase, nos gustaba treparnos a esos vehículos modernos y recorrer una de las rutas más largas quera la de Tacubaya hasta Tlalpan pasando por Mixcoac, tierra de víboras; San Ángel, su convento; y Coyoacán, lugar de coyotes. Allá íbamos la Lupe y yo. Trepados en el tranvía nos perdíamos en nosotros y en las avenidas, hasta que empezaban los balazos y nos teníamos que esconder debajo de los asientos, donde el gusto de protegerla no cabía en este cuerpo quera recio y joven en aquel entonces.

Pero fue un amor de agonía. Un día estaba bien y otro gritaba y lloraba y decía que no.

Que yo no.

Varias veces pedí que se me saliera de acá dentro. Era un perro salvaje que me mordía las vísceras y lo mismo oscurecía mi alma que le sacaba lustre.

Una tarde obligué a mis botas, que pesaban como piedras, a encaminarse pa la estación del ferrocarril y regresar con mi tropa, pero cuando estaba ya en el vagón llegó la Lupita brillando como diamantina. Lloró y me dio una vez más el azúcar de sus labios. Bajé la guardia. Me venció al decirme que me quería así como era, así como soy. Entre las miradas y los cuchicheos de quienes estaban ái, sonó el pitido del tren y corrimos pa bajarnos.

Vivimos días de labios y saliva. Fue entonces cuando insistí en ir al gabinete de fotografía pa retratarnos. Ella aceptó, se vistió de seda y se pintó los labios, se coloreó las mejillas y puso cara de yonofui. Cambié mi último peso de plata con tal de tener ese recuerdo. Tuvimos que estar sin movernos un rato largo, pos así te retrataban en aquel entonces, si no salía todo movido. Cigarro en mano, Casimira al cincho, Lupita a mi lado y una piel de gato montés sobre la silla, compusieron la fotografía que nos hizo un retratista de sombrero, traje y bombín.

Me gustaba caminar y que me vieran con ella. Con gusto se colgaba de mi brazo, pero enseguida se achicopalaba y nomás no abría la boca. Cuando rompía el silencio preguntaba todo y más. Yo volvía a inventar cosas, ella me miraba de reojo, torcía la boca, se tronaba los dedos, me miraba feo pero seguía conmigo.

Vivir con la Lupita fue la guerra en medio de la guerra. La revuelta que no paraba. Y yo condenado a amarla así, como solo un revolucionario puede amar.

Lupita fue mi Huerta y mi Zapata, mi traición y mi libertad. Una vez agarró calle y no regresó. Como coyote herido caminé horas buscando su olor, sus pasos. Cuando por fin escuché su risa tras unos ventanales, me asomé y vi que la Lupe no era tan mía como yo pensaba. Un dolor en el pecho me quebró y me dieron ganas de vaciarle la Casimira. Empecé a patear la puerta hasta que la abrieron, entré y amenacé con balearlos a todos. La Lupe gritó de susto, pero rápida, moviéndose como gata montés, se acercó a mí. Con sus dedos largos me rozó aquí arriba de la boca y sentí que una brasa me encendió. Me quitó la Casimira y se puso a bailar con ella, se la pasó por el cuerpo hasta restregársela en la entrepierna, la subió al pecho, la besó, se echó una carcajada y junto con ella todos los que estaban ái. Yo me quise morir, pero enseguida me tomó de la mano pa llevarme a la puerta y salir juntos.

De pronto era un trueno, la nota de una bandolina, un tornado, una patada en el esternón. Estar con ella era jugarse la vida día a día y por las noches descansar en un lecho de dalias o margaritas.

Florecer, explotar.

Me envolvía con sus labios, su voz, y yo vencido me ahogaba en ella. Galopaba para subir a lo más alto y caer después hasta llegar a ese lugar secreto, a ese capullo que se crispa y como potro se levanta en dos patadas, pa luego desfallecer.

Era un pedazo de fuego que me hacía hervir y el vaso que me daba forma, igual que al agua.

Aunque brillaba junto a ella, también me volvía nada. Un día de esos de locura no pude más, me fui pa dentro de mí y pedí ayuda a mi padre muerto. Mis manos, como si tuvieran voluntad propia, agarraron el retrato y lo escondieron aquí mero, donde durante muchos años me tuve que vendar. Mis manos, sin la autorización de mi cabeza, sacaron la Casimira de su lugar y dispararon un tiro al cerrojo con el que ella había atrancado la puerta del cuarto aquel. Salí y mis pies corrieron como caballo salvaje pa volver a las otras batallas, esas onde sí podía ganar.

Con ella, en ella, me sentía perdido.

Ái se quedaron sus gritos, su humedad, sus labios de azúcar y una parte de mí.

Solo quien lo ha probado sabe lo ques.

CORRE Y SE VA CORRIENDO

¡**A**ngela, no oíste nada!

¡Me quedé dormida, no lo niego! Además, la tal Lupe no me interesa, pero algo escuché y eso fue suficiente ¡para tener las uñas listas!

Serías entonces de los consusuñaslistas.

Ya deja de tomar mezcal. Estás diciendo una barbaridad.

¡Será el sereno! Mejor échate agua pa que acabes de despertar.

Pues sí, y de paso me va a servir para calmar el ardor que traigo en los ojos por tanto humo de cigarro.

Apenas me fumé tres, ¡exageras!

Mensajeras las palomas.

Ni dormida ni despierta oyes bien.

Claro que oigo. Mira, aquí tengo a la de las alas blancas, ¡la paloma!

¡Cuándo no has de sacar tus cartones de lotería!

En mi mandil traigo eso y más.

¡Lotería a estas horas!

A mi edad puedo darme ese gusto y muchos otros. ¿Qué te parece si tú palabreas y yo canto las cartas? ¿Juega?

¡Juega!

Fueron tiempos difíciles, de dar tumbos, de rodar descompasado sin hallarme en mí. Tiempos de intentar a fuetazos sacarme de la lengua el sabor de aquella; de querer golpearme las vísceras pa desterrarla de mis adentros. Tiempos en que, cuando me podía bañar, me tallaba con fuerza pa quitarme su olor de la piel; tiempos de obligar a mis piernas a no correr en su búsqueda, de asentar la cabeza pa dejar de pensarla.

En veces se me incendiaban los ojos porque nomás no les daba permiso de que las lágrimas calmaran el fuego, entonces me trepaba a un árbol y al igual que cuando estaba en nuestro pueblo me refugiaba ái y cuando llegaba un pájaro, quería secretearle del mismo modo que cuando éramos chiquillería busqué tus oídos pa decirte que no me hallaba, que vivía en una prisión de trenzas y zapatos blancos.

Necesitaba a alguien pa despepitar lo que me ocurría; por eso, Ángela, ya te lo dije, ahora contigo no me para la boca.

¡El pájaro!

Pa febrero del quince ya estaba de vuelta en las tierras bravas de mi estado. Me presenté con mi general Castillo y de rápido jalamos pa combatir en Apango contra las fuerzas de un coronel a quien le decían el Ciruelo.

En esa batalla un soldado nos estaba haciendo mucho daño con una ametralladora que a cada ráfaga parecía carcajearse al mirar nuestras bajas. A rastras me acerqué por detrás, le di un nucazo con la

Casimira y me aventé sobre dél quitándole el arma. En ese momento, el Ciruelo aprovechó pa aventar un tiro que me causó la otra herida que traigo en la pierna. Metralla en mano, rodé y pude esquivar los plomazos que me echaban tanto él como su gente, hasta ponerme tras de un piedrón que me sirvió pa resguardarme. Apreté la quijada y con urgencia me amarré un paliacate arriba de la rodilla pa taponar y que no me chorreara la sangre, pero ese tiro fue un cerillo que me prendió como lumbre pa mirar en cada enemigo los ojos de aquella y echar tiros con más empuje pa ver si así se me sosegaba el corazón.

Querer y desquerer son dos cosas que van juntas, igual que las dos lenguas de una misma víbora. Cuando mi batallón agarró al Ciruelo y se rindió junto con su gente, ya en la noche temprana, rengueando y con la mandíbula tiesa, cuidándome de que nadie me viera, regresé al lugar del combate, nomás pa comprobar que los ojos que me había echado no eran los de aquella.

Un metiche de mi misma tropa, que no tenía madre ni güevos, de apellido Ramírez, fue tras de mí y al ver lo que hacía se echó unas risotadas mostrando las encías negras, luego me dio un manazo en la espalda y otro en la pierna. Nunca lo hubiera hecho. Me enfurecí y le dije que se fuera de ái, pero estaba ebrio y una vez más riéndose me golpeó la herida. Lancé un grito con rabia, agarré la ametralladora y dejé que se carcajeara sobre dél.

¡El borracho!

Cuando el hambre calaba por todo el país dejé la división Castillo pa ir en busca de Chon. Pregunté por aquí, por allá a tropas de nuestro ejército y también a gente pacífica, y así me enteré que luego de pasarla mal, de dormir en cuevas, de no tener casi que comer, había dejado Guerrero. Supe que andaba por Morelos y que iba rumbo a Puebla. Con ganas de integrarme a sus filas, agarré camino trepado en mi cuaco, crucé los valles de Cuernavaca y Cuautla hasta llegar a los rumbos de Atlixco.

Como ya sabes, armas, canciones y mujeres eran lo suyo, también la amistad. Lo encontré en las benditas tierras poblanas onde, aunque el hambre apretara, podías aplacarla con un atolito de masa y quiotes con huevo en salsa que la gente nos regalaba. Además hallé malvas, esas hierbas que con tantita agua calmaban los cólicos que me atacaban cada luna nueva. Chon me recibió rayando su caballo y, como si hubiera adivinado lo que traía por dentro, me dijo que una batalla, una mujer o una potranca nuevas son lo único que puede sosegar la pérdida de la anterior. Yo nomás torcí la boca, no quería pensar en mujeres ni en yeguas. En batallas, sí.

Luego de echarnos un caldo de gallina vieja, sin preguntarme, ordenó que me pusiera al mando de un contingente de más de seiscientos hombres y me urgió a jalarla pa San Martín Texmelucan. La noche siempre es mejor para el ataque, así que entramos a pelear como a las cuatro de la madrugada. Cada contingente por un ángulo distinto. Balaceamos sin dar tregua hasta que, como a las ocho de la mañana, tomamos la plaza. Con el sabor del triunfo nos encaminamos a San Andrés Cholula.

Mero delante de la bola, queran más de veinte mil, iban ocho hombres y uno más que dirigieron el ataque, que prepararon la embestida y que juntos lograron ganar las plazas. El noveno era yo.

En Cholula, ya en la noche, celebramos el triunfo con música y aguardiente, pos como decía Chon: "parranda sin botella es como velorio sin difunto". ¿De ónde salió un bandolón?, no lo sé, pero un sargento con pinta de chile ancho se puso a tocarlo. Chon cantó, yo le hice segunda y con la música y el chupe sentí que se me calmaban las ansias de regresar con aquella y que me subían las ganas de combatir, el orgullo de ganar y ser parte dese ejército, dese grupo de nueve cabecillas.

Esas fueron las últimas canciones que canté con Chon, el último cruzadito que me eché con él. Luego cada quien jaló con su tropa pa combatir en distintos lugares.

Como si un plomazo me hubiera tumbado un dedo o la mano completa aullé de dolor cuando, casi un año después, me enteré de que Chon, quien me enseñó a cantarle a las chamacas, a domesticar las yeguas, a disparar antes de que te disparen, murió a traición en Hueytlalpan.

¡El bandolón!

¿Sabes lo que es tener bajo tu mando a más de seiscientos surianos? Soldados de calzón blanco y paliacate, pero también soldados de botas y chaquetín. Para esas alturas no nomás los campesinos, no solo el pueblo que no le inteligía pa leer o escribir, muchos se habían unido a nuestro ejército; también había cantores, corrideros que hacían versos, maestros de escuela, enfermeras, gente que abandonó pueblos o ciudades para irse con nosotros, pa seguir a mis generales Zapata y Salgado. Esa gente prefirió la revuelta, andar a salto de mata, malcomiendo, buscando ónde guarecerse, sufriendo peligros humanos y animales; prefirieron dormir cada noche en un lugar distinto, padecer el frío de las tierras altas, el calor de los valles o lo empinado de la sierra, calmar la sed en arroyos y ríos, que padecer la desfachatez y los atracos causados por los consusuñaslistas.

¿Consusuñaslistas? Ya son varias veces que repites esa palabra. Ahora sí dime qué carambas significa.

No te enmuines, Angelita. Eran los constitucionalistas que andaban con las uñas más prontas que un tlacuache pa apropiarse de lo ajeno. Por eso la gente les puso ese apodo. ¿A poco a ti no te tocó que te carrancearan algo?

Claro que me tocó, ¡agarraban parejo! ¿Te acuerdas de la Pinta? ¿Esa vaca que me enseñaste a ordeñar en nuestros tiempos de chiquillería? Pues aunque ya no daba leche de tan vieja, me la carrancearon. Pero eso no fue lo peor, yo misma me tuve que esconder en una cueva durante días porque también jalaban con mujeres.

Ey, fueron tiempos difíciles, muy duros pa todos, y pa colmo tuve que imponerme a mí mismo no pensar, no decir, no desear ese nombre que todavía me hace temblar, Lu…

Ya te dije que, llámese como se llame, no me interesa.

Está bien, pero sosiégate que hasta colorada estás. Mejor déjame encender un cigarro pa calmar las ansias.

¿Otro?

El último de la noche.

Conste. Ahí está de testigo… ¡la luna!

Decía que fueron tiempos difíciles porque el país estaba quebrado y también porque, aunque yo ya era de los jefes —y generales y capitanes me respetaban—, no era lo mismo con la bola. Hacer que te obedecieran no fue enchílame esta gorda.

Exigían comida, armas y plazas pa atacar. Con la ayuda de mujeres y de chiquillos, me las ingenié pa que los soldados tragaran siquiera quelites, tortillas. Tener alimentado a un gallo de pelea lo mismo que a un soldado hace que estén listos pa ganarle al enemigo.

Bien recuerdo quen una ocasión la temporada de secas no nos daba tregua. Tuvimos que luchar no solo contra los federales, sino contra ese calor que amenazaba matar de hambre y sed a los más enclenques de mis soldados. Las instrucciones de mi general Zapata pa todo el ejército fueron que respetáramos cada pueblo, cada ciudad; ordenó que pa tener alimentos de la tropa y pastura pa la caballada fuéramos con la autoridad municipal, quien pediría a los vecinos raciones pa nosotros y forraje pa los animales. Eso sí, exigiendo más a los enemigos de la revolución. También mandó que no quemáramos puentes de ferrocarril, ni que los descarriláramos o robáramos a su gente. Quería que no nos confundieran con los carrancistas.

El país estaba quebrado, no había centavos; por eso, los ferrocarriles tuvieron que volver a usar leña porque el carbón y el petróleo nomás no se podían conseguir; la gente no tenía ni pa comer, cuantimás nos iban a dar a nosotros.

Así pues, en nuestra desesperación hallamos las vías del tren México-Cuernavaca-Pacífico y, pa decir verdad, pedimos que ocurriera un milagro pos los trenes pasaban cada Corpus y San Juan. Junto a los durmientes y a los rieles estuvimos varios días con sus noches hasta que vimos una humareda que se acercaba trabajosamente. Al rato nuestras orejas se alegraron al escuchar el chirriar de las ruedas de fierro y nuestras narices comprobaron que la peste a quemado era de una locomotora de leña. Desobedeciendo las órdenes, los mandatos, golpeamos los rieles hasta moverlos. Pasó el tren, quera militar, se descarriló y nosotros, cual abejas asesinas, atacamos sin piedad. El milagro sucedió, pos era un tren de carga con caballos, municiones y sandías. El parque y los animales poco nos importaron. Las sandías fueron nuestro objetivo. Nada valía más que saciar el hambre y la sed a mordidas, por eso hasta la fecha le tengo tanto cariño a esa fruta tricolor.

Lo malo fue que, en medio del atracón, el maquinista, el fogonero y los soldados que iban ái agarraron sus fusiles y los descargaron sobre varios de los nuestros. Algunos pocos reaccionamos, corrimos a treparnos en los cuacos que iban en otro vagón y pudimos huir, pero varios murieron ái en las vías del tren, entre pedazos de cáscaras verde, blanco y rojo.

Pobres, llegaron al otro mundo con empacho.

Empachada estás tú.

Te carga la fría si cenas… ¡la sandía!

Aunque ahora tengo esta bola de años, sigo siendo un soldado y un soldado nunca se pandea. Siempre le entré a lo macizo sin importarme los porrazos, pa que mi tropa se viera en mí como un espejo, no le temblaran las piernas y no se rajara a la hora de la verdad.

Me los traía a puro jijo de la tiznada, si no ¿cómo hablarles pa que te respetaran? ¿A lo dulce, como hablas tú? nunca. El soldado entiende con palabras chicote. Duras, precisas. Así entendí y entiendo yo.

A quienes no las conocían, les enseñé las consignas del Plan de Ayala. Y al igual que como lo que hacía mi general Zapata, puse reglas. Les prohibí robarse a las viejas, empinar el codo, andarse con diabluras y aguantarse las flatulencias; eso último no lo logré.

Me las huelo que eso no se pudo, ni antes ni ahora.

¡Ángela!

No lo digo yo, lo dice la pestilencia que llegó a mis narices.

Le sigo, ¿o qué?

Síguele de arriba, silénciate de abajo.

¡Nomás a ti te aguanto eso! ¡Nomás a ti! Total, cuando miraba a mis soldados que antes de un ataque estaban a punto de cuatrapiarse iba con ellos, les daba una palmada pa que agarraran valor y les echaba un grito de apoyo. Mis palabras les daban fuerza, igual que si les hubiera puesto una inyeicción de dinamita. Y si salíamos airosos y triunfantes de alguna embestida, los felicitaba y les otorgaba un ascenso.

Si alguno se alebrestaba, no tenía piedad. A meterlo en cintura a punta de chicote o balazo.

Si en batalla el enemigo nos hacía alguna baja, yo lo vengaba al grito de "ora me los trueno, antes de que se truenen a otro de los míos".

Así me sentía amacizado entre ellos y me respetaban, chiflaban de gusto y se me cuadraban.

Muchas veces, durante y después de la revuelta, demostré que tengo madera, madera pa luchar, madera de

¡El soldado!

Con eso y otro poco logré que me obedecieran y, sobre todo, que me respetaran. Casi todos. Nunca faltaron los buscabullas, los que metían cizaña, los que hablaban a mis espaldas, los que querían tumbarme a fuerza de andar despepitando mi condena.

Un sargento chaparro a quien le decían el Birolo, junto con un cabo de apodo el Tejón, que calzaban botas llenas de agujeros y cargaban fusiles oxidados, parecían inofensivos pero con el tiempo sacaron la ponzoña peor que un alacrán.

A pesar de ellos y otros más, quienes querían que me llevara la trompada, dirigí el combate en Huitzuco y vencimos; embosqué a los carrancistas entre los huizachales de Tixtla y ganamos.

Como bien sabes, muchas veces dibujé en la tierra los caminos entre los pueblos de Guerrero y Morelos y les señalé a nuestras tropas por dónde llegar, por dónde atacar, por dónde huir a la segura. Eso nos ayudó a tener pocas bajas, ganar más plazas, parque, animales y panzas llenas.

La bola me reconoció y eso mismo me obligó a ponerme más águila que nunca, porque a ellos, a ellos como a ti, Angelita, no podía fallarles.

¡El alacrán!

Muchas veces vi a la muerte de frente. No niego que me caló el dolor y el coraje cuando asesinaron a Chon; que vomité impotencia cuando me enteré que pa marzo del diecisiete mi general Heliodoro Castillo, rodeado por una partida de carrancistas, al verse sin salida pidió que le concedieran un minuto de gracia. Ya te había contado que en esos sesenta segundos rogó que le dijeran a su mujer quen la vida había tenido tres amores nomás: ella, la revolución pa darles escuelas a los niños de Guerrero y su caballo, quera como él mismo. También te había dicho que, antes de que los contrarios dieran un paso o soltaran un disparo, dijo:

—Yo de aquí me voy montado en mi cuaco.

Y que le echó un plomazo a su animal y enseguida se dio un tiro en la cabeza. Ambos cayeron juntos.

¡La muerte!

Ya sin Chon ni Castillo me pegué mucho con el Indio Castrejón, general que tenía nomás veinte años de edad y bigotes de aguacero. Lo conocí bien, pos combatimos juntos en Atlixco. Adrián era su nombre y hubo un tiempo en que andaba con Zapata pa todos lados; tanto fue así que sus ojos vieron cómo en abril del diecinueve lo mataron en Chinameca. Una noche me dio detalles de aquel asesinato y me hirvió el espinazo al oír sus palabras y comprobar que no puede uno confiar ni en los más cercanos.

Esa fue una canallada que golpeó a todo el país, pero ya te fuiste al año diecinueve y no me has contado qué pasó en el dieciocho.

Es la edad, el mezcal y tus cartas de lotería que me hacen atarantar.

Pues desatarántate y confía en mí.

¿En quién si no? Nomás en ti. Siempre en ti.

Le sigo, pues. El Indio Castrejón era compadre de Ángel Barrios, jefe de operaciones surianas que Zapata destacó en Guerrero, pero en una desas las chusmas constitucionalistas lo emboscaron y se lo jalaron pa encerrarlo en las minas de Campo Morado.

¡Se llamaba Ángel! ¡Era mi tocayo!

Ya se te volvió a subir el mezcal.

¿Qué haces si te digo que no?

Nada.

¿Y si te digo que sí?

Sigo con la contadera.

Entonces, ¡digo que sí!

Cuando el Indio se enteró de que habían apresado a su compadre anduvo preocupado, cabeza gacha, no sabía qué hacer pa ayudarlo. Pa calmar las ansias nos echamos unos aguardientes y conjeturamos largo rato hasta idear un plan pa rescatarlo. Ya en la noche le escribió para darle detalles de qué hacer en el momento del rescate. Y ái, bajo los rayos de la luna y medio tomados, me pidió que yo le llevara la carta.

Dudé un poco, pero al cabo acepté. Me hubiera arrepentido toda la vida si no lo hubiera hecho. En primer lugar, porque gracias a que fui pudimos salvarlo y, en segundo, porque Adrián, el Indio Castrejón, después de varios años se hizo gobernador de Guerrero y él mismo, cuando anduve consiguiendo papeles quen la Secretaría de Guerra me pidieron pa comprobar que fui revolucionario, se acordó de que arriesgué el pellejo por su compadre. Así pues, de puño y letra, escribió que yo había combatido junto a él dando santo y seña de lugares y tropas enemigas.

¿Y para qué necesitabas papeles? Nada más de verte ya sabe uno que anduviste en la revuelta.

Pa que me reconocieran como veterano. Deso hay mucho que contar, pero déjame seguirle con lo de la carta.

Anda, pues.

Montado en una yegua chaparra y resistidora, a quien nombré la Chalupa, recorrí cerros y cañadas. Hubo un arroyo crecido que casi tapa a la yegua, pero era tan buena que cruzó a nado y yo sentí casi igualito que cuando andaba por los laberintos de Xochimilco y miré por primera vez a la Lupita.

De esa no quiero saber.

Ta bueno, no te menmuines... Al salir del arroyo apareció una tropa al mando de un general al quien le decían el Pantalones, que luego supe se llamaba Ciriaco Gómez. Era un traicionero constitucionalista. Se conoce que me fueron siguiendo hasta emboscarme y tomarme prisionero. De rápido me formaron cuadro pa fusilarme. Y, ¿te digo la verdad?, ahí frente al pelotón en que iba a ser ajusticiado no sentí nada.

¿Nada?

Nada, pero me puse águila y pude salir vivo.

A ver, ¿cómo estuvo eso?

Gracias a un cigarro.

El mezcal te está haciendo fantasioso.

Mi presencia lo comprueba, ¿acaso soy un aparecido?

Claro que no, pero me tienes en ascuas…

Cuando me apresaron me fijé que un cabo cargaba un cazo con dinamita y frijoles molidos pa hacer granadas. No necesité mucho tiempo pa armar una estrategia en la cabeza. Pedí como última voluntad echarme una fumada. Me la concedieron. Di dos o tres caladas y menté que estaba listo. Camino al paredón, que era un árbol viejo, justo cuando pasé por donde estaba el cazo aventé el cigarro. Aquello empezó a arder y a tronar como cohetes de festejo. Entre la confusión, pegué carrera, disparando para un lado y otro, liberé a Barrios, corrí pa buscar a la Chalupa, él se trepó a un cuaco tordillo y salimos a galope duro. No le entregué la carta, porque ¿ya pa qué?

Te creo nomás porque te veo y hasta te hago caso. ¡El cazo!

Ya se oyen los pájaros que quieren despertar, ya el gallo se anda desperezando, así que antes quiero hablarte del lugar onde guarda un revolucionario sus secretos.

¿Y eso?

No somos nomás lo que se ve, también lo que hay por dentro, lo que no se mienta, lo que se guarda, lo que se esconde, lo que es de uno solito.

¿Y dónde se pone todo eso?

Cuando tienes suerte y caballo ensillado, ái mero, en la silla de montar. ¿Sabes?, en el cincho guardé todas las veces que tuve que ocultarme de la tropa para ir a orinar; los años de apretarme el pecho con rebozo, luego con vendas y las lunas que tuve que pasar con trapo entrepiernas pa que recogiera la sangre que no salía de una herida, sino de un cuerpo traidor.

Bajo el fuste oculté las razones por las cuales reconocí a Carranza, me metí de vuelta al ejército y luché ái, poco más de cuatro años, junto con Adrián, el Indio Castrejón.

En la horquilla se quedó el motivo por el que secundé el Plan de Agua Prieta cuando se hizo la unión revolucionaria y la razón por la cual, luego, causé baja y me uní a la jefatura de operaciones militares de Puebla y Tlaxcala.

En los estribos, entre lodo seco, está el día del año veinticuatro en que me licencié pa siempre.

En el guardapiernas escondí la vergüenza de no poder curarme de aquella a la que tanto quise y los tumbos que di años después de la revolución, al permitir que mis pies corrieran a México pa buscarla y caer otra vez en la locura de su tierra húmeda; andar sobre su piel en un ir y venir, nomás pa espejearme con ella en noches de pozos, lenguas de azúcar y terneza y con ello doblegar mi voluntad a sus caprichos líquidos. Quiso venir aquí a Iguala, la traje. Nos bañamos en sudor y le di a probar los sabores de la tamarinda, de la lluvia, de mis dedos. Nos retratamos y durante los días que estuvo caminamos a paso lento, con la frente alta, dando vueltas a la plaza pa que todo mundo viera que tenía vieja. Ái en el veliz están uno, dos. No sé cuántos retratos, que guardé desde entonces.

Entre el faldón y el lomo onde suda el animal escondí la vez que estuve en la cárcel. Varios años después de la revuelta, un día que iba al trote por el camino torcido que hay de Iguala a Chilpancingo, me atajaron el Bizco y el Tejón, me tumbaron del caballo y me quisieron encuerar. Rápido desenfundé la Casimira y me gasté dos balas que se quedaron incrustadas en las cabezas de esos malditos. Un tercero que iba con ellos y que nunca supe quién fue, me acusó con la autoridad. Dijo que había visto cómo provoqué y maté al Tejón que murió bizco del susto y al Bizco que murió con los ojos saltones como tejón.

Y la autoridad le creyó. Gendarmes me anduvieron cazando hasta que me hallaron. Quise huir, traté de defenderme, menté quién era, pero la orden fue que me metieran a la cárcel.

Y lo hicieron.

A la sección de mujeres.

Me arrancaron la camisa, las vendas, el cincho, el pantalón. Me tocaron, miraron lo que tenía y lo que no. Tras las rejas vomité las enaguas que me pusieron, golpié las paredes y a mi cuerpo muchas veces. Días estuve en un cuarto oscuro, lleno de mierda y orines, destrozado y destrozándome.

Hasta que una mano, de alguien que nunca supe quién fue, una mano con un dedo mocho apareció, metió una llave, abrió la reja y escapé. Semanas pasé escondido en las cuevas de las barrancas hasta que tuve fuerzas pa volver, pa volver a ser.

¡La mano!

En los latiguillos escondí la condena, la vergüenza. Lo que se mentaba de mí, lo que me taladraba el tímpano y los sesos en la revuelta y que me obligó a ser el mejor, se quedó guardado en la silla de montar ques parte de uno mismo.

También en alguien como tú, Angelita, cuyo aliento dulce me hace abandonar mis verdades a ti, como se confía en el sol de la tarde.

De igual manera los misterios más hondos se pueden guardar en la propia cabeza, pero ahora que la tengo blanca de tantas canas, seguido pierdo el sombrero, se me enfría la mollera y me desmemorio de lo que acabo de hacer. Por eso te cuento lo de antes, de lo que sí me acuerdo, pa que me lo guardes y no se pierda en el olvido.

Yo nunca llegué a silla de montar. Un costal amarrado con mecate al lomo del caballo es lo que tuve y pude montar, pero pongo tus misterios, tus secretos aquí. Aquí adentrito, junto a los míos y junto a los recuerdos que conservo bien cuidados, como los días de paletas de coco, trompadas con chile, días de perseguir al tren, chiflar y jalarle la cola al Mordidas.

¡El corazón!

¡Lotería!

Abrázame, Angelita.

ESPIRI

Aquí estoy yo, un soldado viejo reviejo echándome unos tragos en la madrugada igualteca, jugando lotería y espulgando la memoria de cuando me incendiaba en los combates, en los aromas y en los quereres.

Y aquí estoy yo, con mi mandil de flores y el cabello blanco, ya sin dudas, sin miedos. Porque no te creas, también tuve muchas y canijas batallas.

Sí, pues. La vida es un combate que no acaba. Peleas en el frente, pero también contra ti mismo.

Esa es la batalla más difícil.

Ey, igual que una astilla incrustada en el dedo que se pone colorada y se pudre si no se atreve uno a sacársela; a vencerse pa poder ganar.

Y duele.

Y duele, y hay veces que se juntan las penas como un enjambre de zancudos, listas pa picarte y tratas de aplastarlas, pero nomás no puedes y te enronchan todito.

Cuando todavía era parte del Ejército Libertador del Sur, a mí se me amontonaron varias que ya te conté: mataron a Chon por la espalda; Castillo, antes que rendirse se echó a su cuaco y se mandó solito al cielo; plomearon en combate a Salgado y dos meses después a mi general Zapata; pa colmo, Carranza no nos daba tregua. Por todo eso y de pilón porque no se me calmaban las ansias de ir en busca de aquella, decidí entregar las armas a mediados del año diecinueve. Tuve que cincharme lo que pensaba y, aunque tenía bajo mis órdenes a más de trescientos pelados, me presenté en la jefatura de operaciones militares y notifiqué a mis generales que me licenciaba.

No sin dificultad, obligándome a avanzar regresé a esta tierra mía.

Nuestra.

Nuestra, es verdad. Llegué primero a la casa de mi niñez. Los cuartos onde viví se miraban pequeños. La mugre se asentó en los muebles y las plantas que alguna vez se asomaron por las ventanas en busca de sol se habían secado.

Me recibió la sombra de la Zopilota, quien clavó sus ojos en mí. A puras señas me indicó que fuera a un ropero. Lo abrí, hallé la caja de Olinalá donde la que me parió había guardado tijeras y ese pelo trenzado que nunca quise. El aroma de mi madre se metió pa mis adentros igual que un dolor hasta la médula. Salí como pude y tristeando me quedé a vivir unos meses en nuestro pueblo. Cuando menos lo esperaba, un rayo de contento en forma de chiquillo se apersonó y me alegró, de la misma manera, que ora que viene a visitar, hace questa casa se ponga risueña.

Hasta te brillan los ojitos cuando chifla pa avisar que ya está en la puerta.

¡Pos cómo no, si de mí aprendió a chiflar! Tendría unos ocho, nueve años cuando llegó. Gastándose los pies recorrió terracerías, caminos enyerbados, salvó cerros y pedregueras, con una idea en la cabeza: encontrar a su padrino. Encontrarlo, porque la mujer que lo crio, enferma, sin centavos ni comida, maldiciendo la revuelta, se quedó en los puros huesos hasta que un día, antes de confundirse con la tierra, le pidió que buscara a un soldado quera su padrino y la única esperanza que le quedaba.

Negro de tanta mugre, pinto de tanta roncha y con las costillas salidas de tanta hambre, con su voz tierna me contó que preguntó y volvió a preguntar por un soldado de nombre *Igualqueusted*. Pocos le dieron razón, otros a punta de burlas lo hacían desatinar. Él se las ingenió pa comer quelites en tiempo de aguas, nopales crudos en tiempos de secas y seguir busca que te busca, anda que te anda.

Cuando el chamaco casi había perdido la piel de los pies y las ganas de cumplir la promesa, llegó aquí, a esta tierra tan brava onde hasta el sol vacila antes de aparecer; luego de que se lo sanjuanearan nomás por sucio, porque olía mal, porque sus cachetes estaban cubiertos de lodo seco. Cansado y adolorido, echo bolita, se metió a dormir debajo de las bancas del jardín, calentándose junto a un gato igual de piojoso quél. Ái estaba, abajo desos sillones de fierro en los que yo me iba a sentar en las tardes pa ver cómo las parvadas de zanates pintaban el cielo y a parar la oreja con su escándalo alegre.

Esa maña de irte horas a las bancas del zócalo nomás a oír la nube pajarera se te quedó pa siempre.

Me gusta tanto escuchar esos picos y alas como tenerte aquí, frente a mí, Angelita. Pero déjame seguirle. Gracias al olor rancio dese niño tierno, me di cuenta de que estaba ái. Le eché unos sombrerazos pa que se fuera, pos su peste me calaba las narices. Él alzó la cabeza y me preguntó si yo sabía cómo dar con un soldado que se llamaba…

¡Igualqueusted!

¡Adivinaste! Como respuesta, nomás arrugué la frente. Sin quitarme la mirada de encima mentó con voz temblorosa que buscaba al compadre de su amá. Dijo que cuando anduvo pregunta y pregunta, aunque muchos no le supieron dar razón y otros ni lo escucharon, un señor grandote que cargaba una armónica le señaló el lugar onde todas las tardes yo me sentaba. Pelé los ojos, pos algo me empecé a oler.

Luego se soltó a chillar y el llanto limpió un poco su cara tierruda. Al ver lo colorado de sus cachetes, de a tiro un relámpago me traspasó el espinazo y razoné quera el Espiri. Vi sus ojitos de capulín y recordé el campamento en llamas, la carrera que pegué con él en brazos, a su padre tirado en la tierra muerto ojos abiertos, el festejo del bautizo y a su madre llamándome "compadre". Miré el escapulario que traía al cuello y sentí cómo el chipichipi que refrescaba el calor de la ciudad también salía de mis ojos.

Temblé porque llegó a mí una sangre conocida, no de un pariente, sino de alguien que trái uno por dentro desde tiempo atrás. Le dije que yo era a quien buscaba. Suspiró largo, en paz. De rápido me encaminé pa llevarlo a la casita de dos cuartos onde me quedaba. Durante el camino me apretó recio la mano, como si me le fuera a pelar. Al llegar le serví un plato de frijoles, se comió tres más; tortillas, todas las que había y cinco, siete vasos de agua fresca. Le ofrecí baño y una camisola que le quedó muy grande, pero él se la puso sin repelar. Estaba orgulloso de vestirse con mi ropa.

Mientras le espulgaba los piojos, me contó cómo fregados llegó pacá; me dijo que apenas recordaba a Edelmira, su madre. Me dijo que la Lupe, la primera Lupe, la que perdió a su marido en una mina, lo crio como madre bondadosa, pero que hace poco se enfermó de ese catarro que no perdona y mata. Sin centavos ni salud, le dijo que buscara a su padrino y lo hizo prometerle que me hallaría. Y el cachetón prometió.

Y cumplió.

Sí, pero estoy seguro de que con la ayuda de alguien o alguienes, pues.

¿Qué quieres decir?

Pos que le ayudaron las ánimas, la primera Lupe, su padre, Edelmira... ¡el soldadón con su armónica! Las ánimas están más cerca de nosotros de lo que creemos y nos echan la mano cuando hace falta.

Ni dudarlo.

El caso es que el chamaco, desde ese entonces, se pegó conmigo. A pesar de haberlo encontrado y de que me las ingenié pa ganar billetes, la mera verdad no me acostumbraba a andar sin tropa, a dormir en cama, bajo techo, sin plomazos, así que poco después decidí regresar al ejército… pero no solo, sino con ese niño a quien, como muchos años antes, le di el grado de Soldado Chiquillo y le enseñé a ser mensajero y centinela; a cuidarse y atacar antes de que dispararan.

Como ya había recibido un indulto, pa que me aceptaran de nuevo, no me quedó de otra más que reconocer el gobierno de Carranza y volver a tomar las armas… pero como obregonista.

¡No hagas esos ojotes de pregunta, Ángela! Ya sé que muchas veces me has oído mentarle la madre, no a él, pero sí a su gente, porque al volver no me reconocieron el grado. Me bajaron hasta sargento primero, ¡¡jijos de su chi…!

¡Chinfosca mosca!

Tú lo dices bonito, yo lo digo como debe ser: ¡¡jijos de su chingada madre! Pero, por otro lado, tengo que reconocer que Obregón, aunque perdió la mano, no perdió ni una batalla; puso en su lugar a algunos curas y sacerdotes que no querían reconocer la Constitución y decía que educar al pueblo era lo más importante que tenía que hacer un gobierno. Se informaba, hacía planes y una vez que tenía las cosas en la cabeza las mentaba, organizaba y hasta entonces comenzaba el ataque. Fue un militar de buena madera. Recuerdo que una vez loí decir: "No cabe duda de que la mala suerte existe, solo que Dios la desparrama entre los pendejos".

Conozco a varios.

Yo también. El caso fue que regresé a las filas y me llevé al Espiri, que se hizo joven siendo parte de la tropa. En una ocasión, cuando los bigotes ya le asomaban, en la batalla de Pozuelos, adelante de Pachuca, me pusieron una méndiga emboscada. Luego de herirme aquí mero en el brazo, cuando estaban a punto de dispararme, apareció mi ahijado y a plomazos directo a la cabeza, como yo le había enseñado, se echó a varios cabrones salvándome el pellejo. Por la noche, ya en el campamento, me acordé de una canción que le canté años atrás:

Una cucaracha pinta le dijo a una colorada...

El Espiri me quitó la palabra y siguió:

Quien se meta con mi padrino se lo lleva la chingada.
La cucaracha, la cucaracha ya no puede caminar...

Igual que tú y yo, ora que andamos con bastón.

Con bastón andas tú, yo todavía estoy muy girito. Y déjame seguirle que todavía no acabo. Ese chamaco es muy parecido a mí, no en la pinta, sí en los modos. Entre una batalla y otra, cuando hallábamos ranchos con animales, le enseñaba a montar yeguas brutas, colear becerros. Se hizo bueno con la reata, bueno pa lazar y hasta pal jaripeo. Me da gusto que ora sea un hombre fuerte, fresco, alegre, de cabeza limpia. Calzonudo, como su padrino.

Tan calzonudo quél es quien metió su carota en el retrato que nos tomamos cuando apenas me vine pacá contigo.

Así mero es. Corrió pa ponerse onde estamos tú y yo, aquí afuera, en la puerta que da a la calle. Tú con un vestido pintado de flores, yo paliacate al cuello y el Espiri pelando la mazorca entre nosotros.

Casado con buena mujer y llenos de chamacos. Como dijiste, alegran esta casa cada que vienen a visitar.

Y no nomás alegran. Pobre del que me falte porque el Espiri se los ajusticia y eso mismo enseñó a su pipiolera. Me cae en gracia uno dellos, que me dio a apadrinar de la misma forma como yo lo hice con él. Por eso el Espiri es mi ahijado y mi compadre.

¡Ya caigo por qué a veces te dice de una manera o de otra!

Y ese escuincle, hijo suyo, el más chiquillo salió tan bravo como un chile piquín. En una ocasión, cuando paseábamos aquí por el centro, el chamaco escuchó que unos mustios malhablaron de mí, se rieron y así, sin más, corrió y les dijo: "A mi padrino lo respetan o me los quebro", y *pum,* disparó su pistola de juguete.

VELIZ

Pasaron muchos años. La revolución se fue sosegando, y yo también.

Nunca te he visto sosiego. Ni antes ni ahora.

Ey, pero tú tampoco. ¿Quién comenzó a palabrear todo esto? ¡Tú! Ya hablamos del pueblo, de tu jacal, de mi familia, del Mordidas, jugamos lotería, nos echamos varios mezcales y ora, ¡mira nomás!, te pones a espulgar lo que guardo en mi veliz.

Aunque la mera verdad tienes razón, nunca he podido estarme sosiego. Años anduve de aquí pallá y de allá pacá, por todos lados; traté de quedarme a vivir en mi pueblo, pero nomás no se pudo. Total que, por fin, me asenté en esta tierra igualteca, que en veces está serena y en veces hierve de coraje, pero donde se puede vivir.

Y no lo niego, siempre he querido el lugar en que nacimos. Por lo mismo, gracias a mi terquedad, se hizo la carretera que va de Milpillas a Xochipala.

Me consta. De lejos miré cómo cambiaste sombrero por casco para echarle un ojo a esa tropa, que ya no cargaba fusiles ni carabinas, sino picos y palas.

¿De lejos?

Siempre que pude te seguí la huella, en silencio.

Brindemos, pues, porque ese silencio ya se quebró.

Ahora sí te fallo, ya nos acabamos la botella.

¡Ah, qué caray! Mañana compro otra.

Mañana ya es hoy. Llevamos la tarde, la noche y la madrugada al habla como dos loros. Mira el reloj, en un rato más va a amanecer.

Acuérdate, Ángela, que sacar la memoria a relucir, aunque arda, siempre es bueno.

¡Eso que ni qué! A ver dime por qué te empeñas en guardar en ese veliz abollado tantos pedazos de periódico, tantos retratos, credenciales, el cuaderno de guerra y hasta papeles que dibujaste con los caminos del estado y que ya no sirven ¡para nada!

¿Cómo sabes todo lo que guardo ái, canija? ¿Me espías o qué carambas?

Limpio, sacudo. Ni modo que me haga de la vista gorda. ¡Puro trique con polvo canoso!

Ay, Angelita, nomás porque eres tú, ¡nomás porque eres tú! Estos papeles afianzan mis recuerdos, me ayudan a no perder el rumbo, a que la edad no le gane a la cabeza. En el veliz hay cosas que son yo. Yo mismo. Están con lapicero y en papel las rutas que hace muchos años empecé a dibujar con una ramita en la tierra, ¿te acuerdas? Luego, hartas veces recorrí nuestro estado pa poder trazar a cabalidad esos mapas que haces menos y que me encargó el Indio Castrejón cuando se hizo gobernador, allá por el año veintinueve. Siempre estaré agradecido con él, pos ordenó que me dieran documentos con mi nombre escrito…

¡Como debe ser! ¡Ay! ¿Y ese apretón de manos?

Gracias.

¿Por qué?

Por decirlo tú. Y también porque desde mucho tiempo atrás le hallaste razón a todos los caminos que tuve que recorrer pa salir de una letra hasta llegar a la otra.

¡Esos ojos otra vez! Hablo de la revuelta que muchos años traje en la cabeza y de la batalla que gané cuando por fin pude escribir mi nombre en esta credencial que estaba en mi veliz.

Amelio Robles Ávila

Hablando de papeles, el general Juan Andreu Almazán también me dio unos escritos así. Me acuerdo de cuando pasó por Xochipala y me uní a la revuelta con él.

Yo traigo fresquecito el momento en que de un brinco te trepaste a un caballo de ellos, mientras me quedé ahí con el corazón apachurrado, mirando cómo agarraste rumbo, entre polvo, carabinas y sombreros sin voltearme a ver.

Por eso ora no quiero perder tu mirada de mis ojos.

Me pones colorada.

Colorada como la tinta con que está escrita en mi cuaderno la fecha en que volví a encontrar a Juan Andreu cuando quiso ser presidente de la República. ¡Lástima quel candidato de la papada le ganó! ¡Esos ojotes, una vez más! ¡Era Ávila Camacho! Aquí en mi veliz hay un retrato dél, míralo y verás por qué le decían así.

Abro estos ojotes, como tú dices, porque estoy pensando en mi vida, en que nunca me pude hallar con ningún pretendiente. Aunque me invitaban a pasear y comer nieves en el jardín, aunque me querían poner casa y me pedían matrimonio por las tres leyes, nunca di el sí. Y me costaba, porque luego decían que era rejega, liosa, que una mujer sin marido no tendría buen fin. Varios pidieron mi mano, pero nomás no pude.

Venga pacá esa mano.

Pero… tengo un pedacito de dedo mocho, ¿la quieres así?

Ángela, ¡fuiste tú! Fuiste tú quien abrió la celda… déjame ver… tan zonzo estoy que no me había dado cuenta. ¿Perdiste ese dedo por mí…?

Sí, fui yo… pero no lo perdí por ti. Hace muchos años, cuando los federales incendiaron mi jacal, murió mi madre y, por apagar el fuego, me quemé la mano. Ahí quedó un pedazo de este dedo.

Déjame abrazar tu mano con las mías.

Eso no se hace.

¿Qué?

Abrazar con las manos, o se hace bien o mejor no se hace nada.

Entonces… ¿así?

Así mero.

VETERANO

Las ventanas abiertas y este olor a lluvia de madrugada hacen que no se me quiten las ganas de hablar.

Ni a mí de escucharte.

Le sigo, pues. Ya grande de edad, con la cabeza asentada, razoné que necesitaba pensionarme pa que me dieran unos centavos cada mes y que en la Defensa me reconocieran como veterano. Así que me puse muy trucha para lograrlo, pero me tardé más que todos los años que anduve en batalla.

Había que hacer todos los trámites en la capital, así que montones de veces la emprendí pallá. Al principio agarraba el tren de aquí a Cuernavaca y luego pa México. No fueron días ni meses, años me trajeron a la vuelta y vuelta. Decían que mi acta de nacimiento no cuadraba con las cartas que me dieron los generales al lado de los que pelié: Castrejón, Almazán.

¿Y eso?

Mi acta terminaba con la letra *A*, las cartas con la *O*. ¿Me entiendes?

Entiendo.

Me trajeron a la vuelta y vuelta durante tantos años que hasta fui testigo de cómo el camión le ganó al tren y de cómo construyeron las carreteras de paga. Por lo mismo dejé de ir en ferrocarril, pos perdía harto tiempo y preferí los ramaleros. Desde antes del amanecer salía de aquí de la terminal, agarraba esos camiones que, además de gente, cargaban gallinas, marranos, chivos y que se iban detiene y detiene en los pueblos y hasta en medio de la carretera. Luego comencé a tomar Flechas que, aunque eran más caras, iban rápido y directo.

Con la esperanza de que esa fuera la última vuelta llegaba a la Central de Autobuses donde nunca faltaba una parejita dándose besos de bienvenida o despedida. Entre olores a gorditas de maíz, gallinas patas parriba y cajas de cartón amarradas con mecate, me compraba mi jaletina y de ái, en unos tranvías anaranjados, agarraba pa la Defensa. Junto a la ventana iba mira que mira los automóviles que le metían pata en esas avenidas largas y enormes, los jardines, fuentes y calles, donde niños corrían pa la escuela; mujeres con rosarios y velos arreciaban el paso al sonar de las campanadas de las iglesias; gendarmes desayunaban tamales y voceadores que pregonaban las noticias del día.

En una ocasión, ya en las oficinas de la Defensa, una teniente de ojos inquietos me preguntó cuál era la razón de tanto ir y venir, pos me había visto varias veces con mucho apuro. Sin darle detalles le conté que mi acta estaba mal hecha, nomás eso le dije y que por eso no me la aceptaban. En voz baja me aconsejó ir a la Plaza de Santo Domingo, donde hay escribanos, imprentas, máquinas que hacen magia y donde conocí coyotes de dos patas quienes, a cambio de unos billetes, te hacían una credencial, un acta, un título con los datos que uno quisiera.

Esos coyotes son peores que los que se roban a las gallinas pa merendárselas. Quisieron verme la cara de tarugo, llevarme al baile a la hora de pagar. ¡Ni madres! A punta de pistola les di lo que yo creí quera justo. Patas rápidas, agarré camino pal Zócalo, onde tomé el tranvía que me devolvió a los rumbos de la Defensa. Ái, a pesar de llevar el acta en mano y de que revisaron que todo estaba bien, me la hicieron cansada otra vez. ¡Parecía que estaban contra mí! Me mandaron con un doctor que tenía que dar fe de mis heridas; quesque las tenía que ver y firmar otro méndigo papel que dijera que sí, que luché en la Revolución; que me partí la madre por defender el Plan de Ayala; que pelié contra Huerta; que fui contra las barbas de Carranza, aunque luego lo reconocí; que me uní al manco de Celaya: Obregón, y que todas mis heridas eran la prueba. ¡Hazme el rechingado favor!

No me quedó otra más que ir. Agarré el tranvía una vez más y ya sin fijar la vista en todo lo que me gustaba de la capital, anduve piensa cabeza hasta que llegué a la dirección que me habían dado. Era el consultorio de un doctor de bata blanca, lentes redondos y que no tenía pelo en la mollera.

Me preguntó nombre, dirección, edad; me pesó. Cuando me dijo que abriera la boca, se me iluminó el entendimiento. Así como ahorita, la abrí bien y bonito hasta no parar. Le conté que conocí al mero mero del Ejército Liberador del Sur. Eso no falla. Cuando dices que anduviste en la revuelta todo mundo quiere que le cuentes cómo era mi general Zapata, si tenía voz grave o pituda, si se ensuciaba los bigotes cuando se echaba un taco y hasta cómo se trepaba a su caballo. Los demás poco importamos. Me arranqué, pues, a contarle esto y lotro, lotro y esto, y esto y más allá acerca dél. Como siempre he tenido facilidad para la lengua, mareé al doctorcito con tanta palabra hasta que de a tiro se rio, se rascó el seso pelón, escribió dando fe y se me cuadró pa felicitarme; no porque me partí la madre en campaña, sino porque conocí a mi general Emiliano Zapata. No me importó, porque logré que no viera mis heridas, mi cuerpo y, lo mejor, que asentara en papel todo lo que yo necesitaba.

¡Imagínate! Hasta el año setenta y tres logré quen la secretaría me dieran la mitad de lo que quería: billetes. La lana es la lana, así que recogí mi cheque y rápido me fui a cambiarlo al Banco de Londres y México, que estaba cerca de la calle a la que Pancho Villa le puso el nombre de Madero muchos años atrás. Diez mil pesos. Con ese dinero me regresé pa Guerrero pero más tardé en llegar quen volver, me hicieron ir de vuelta a la capital. Me avisaron que fuera de uniforme y que no olvidara mi sombrero militar con las tres estrellas. Todo obedecí. En una ceremonia desas que les gusta hacer a los políticos pa presumir lo ajeno, delante de no sé cuánta gente, el presidente de aquel entonces, Echeverría, me entregó la otra mitad de lo que quería: el testimonio de honor que tengo colgado ái junto al reloj.

No lo digas, me lo sé de memoria de tantas veces que lo he limpiado:

La Confederación Nacional de Veteranos de la Revolución

otorga el presente reconocimiento a,

Amelio Robles Ávila,

Veterano de la Revolución Mexicana.

Todavía siento orgullo, no lo niego.

Te esponjas como pavo real y a mí se me pone la piel chinita, lo confieso.

Ora me vas a arremedar.

Arremedar, no; apapachar, sí.

Canija, Ángela; hazte pa acá.

RÉGULA

*¡M*ira nomás cómo dejaste este veliz, todo reborujado! Ahí se asoman los zapatitos esos que te hacen contar la misma historia una y otra vez.

La repito para ver si se me sale de acá dentro la tristeza de recordar a quien se los calzaba.

Ya tenía el pelo lleno de canas, cuando en una ocasión andaba de oficina en oficina en la presidencia municipal pepenando papeles que necesitaba pa donar un terrenito y que se hiciera una escuela pa los chiquillos, pero nada que los conseguía. Salí encorajinado, pues.

Ese día se cayó el cielo de tanta agua y la hallé aquí en estas calles lodosas. A sus poquitos años se le miraban los huesos salidos de puritita hambre. Con voz de pajarilla me pidió centavos, le di un peso y de pilón un pedazo de cocada; la canija me pidió un billete, no se lo di, pero le pregunté de qué quería su nieve.

"De apapacho o de limón", me contestó. Me hizo reír y aunque la lluvia estaba recia la pude ver bien: su sonrisa tenía un hueco, pos se le había caído ya un diente de leche, puros ñudos eran su pelo, los pies negros de tanto caminar descalza. Mientras iba tras de mí chacualeando el agua que caía tibia esa tarde, me contó que se llamaba Régula, que su sarape pa dormir estaba en los portales del mero centro; que mucha gente le sacaba la vuelta. Decían que sus papás la dejaron nomás así, igual que se tira una basurita en la calle.

Ái íbamos los dos, ella empapada como pichón, yo escurriendo agua del sombrero. No la ahuyenté porque cada que me jalaba camisa o pantalón para pedir o decir algo, me exprimía la muina que cargaba. Llegamos por fin a la casa, a esta casa. Abrí la puerta pa meterme, pero ella, como lo hacen los gatos, se metió más rápido. No tuve corazón pa sacarla al aguacero, así que la sequé, le di una cobija, tamales de jumil, que se acabó casi de un bocado. Luego le agarró el sueño y se durmió ái, en el sillón ese descolorido. A la mañana siguiente, cuando desperté, ya había emprendido camino pa las calles a pedir, pedir y más pedir, quera lo que sabía hacer.

Dos, tres meses pasamos así. Su carita y su sonrisa chimuela me alegraban las tardes, hasta que un día de sol me preguntó si yo no tenía hijitos. Le contesté que no. Se me quedó mirando largo rato con sus ojos tiernos. Bien me acuerdo de que estábamos en esta misma mesa, frente a dos platos de pozole rojo ya vacíos.

Entonces, así nomás, me la soltó:

—Si usted no tiene hijitos y yo no tengo apá, ¿por qué no usted es mi apá?

Sentí un golpe en el estómago, un golpe y una caricia y dije… no dije nada. Le di una cobija y me fui a dormir. Mentira, me la pasé dando vuelta y vuelta toda esa noche y varias más. Lo pensé mucho, pero cuando vi que al estar conmigo recuperaba el brillo en sus ojos, me jalé a la tienda a comprarle una cama, cobijas, vestidos y unos guarachitos. La fui a buscar al centro y le dije:

—Ya no vas a dormir en la calle, Régula. En mi casa hay una camita para ti. En la cocina ya hay un plato con la letra erre, ques la letra de tu nombre, pa que ái te sirvas lo que quieras y hartas cocadas de color de rosa.

Peló los ojos con emoción, pero se fue la canija; pegó carrera pa regresarse a pedir monedas a los portales.

A lo mejor tenía amigos ái.

Tlacuaches, cacomixtles, ratones. Sin embargo, al segundo o tercer día ella solita regresó y se quedó aquí. En las noches pa que se durmiera le contaba la historia del conejo que bajaba del cielo pa beber aguamiel y se regresaba mareado, esquivando las estrellas, hasta que un día que se le pasaron las copas se estampó en la luna y ái se quedó su figura, pa siempre.

Le compré uniforme y los zapatitos esos que se asomaron del veliz; la mandé a la escuela y Régula aprendió a leer, a escribir. Así vivimos unos años yo y la chiquilla, hasta que ya cuando tenía los pies grandes y calzaba del cuatro, un día de canícula, desos que no se aguantan de tanta calor y humedad, cuando ya estudiaba la raíz cuadrada, regresó con los ojos hinchados, moqueteada, llena de arañazos y golpes. De rápido le pregunté qué le había pasado, contestó quen la escuela se habían burlado della, que en las calles le echaban gritos y groserías porque vivía como hija de casa, conmigo.

Llorando me dijo que no se aguantó y se agarró a moquetazos con una y varias y varios chamacos y hasta gente grande.

Me hirvió la sangre. Fui, hablé, grité; Casimira en mano amenacé y se sosegó la cosa, un día. Un día nomás. Al otro se puso peor. Cada vez peor. Desde entonces vivió azorrillada, y luego… me cuesta hablar… luego se volteó contra mí. Me dijo cosas feas, me hirió con palabras como cuchillos, agarró sus cosas y se fue.

Me había encariñado tanto que sentí como si me hubieran cortado un dedo, un pedazo de algo por dentro. Me monté en el Carey Dos, pregunté por todos lados y me dijeron que se había ido en el tren. Le di recio al cuaco pa llegar a la estación, pero el ferrocarril ya se alejaba. Con urgencia fueteé al caballo; tenía la esperanza, de a gritos o balazos, hacer que se parara el tren y, a pesar de todo lo que me había dicho, convencerla de que diera media vuelta, pero mientras trataba de vencer el aire, sintiendo asfixia y el corazón que se me doblaba, miré el humo de la locomotora que se iba haciendo chiquito, igual que mi esperanza de volverla a ver.

Recuerdo cómo apretaste los ojos para que no se te salieran las lágrimas la primera vez que me lo contaste. Igual que ahora.

Te lo he dicho muchas veces, pa ver si de tanto repetirlo se me sale y no me cala tan fuerte.

Duele y da coraje porque fue una malagradecida.

Silénciate, Ángela. Perdí esa batalla, porque el enemigo alecciona a su ejército día a día; perdí porque no luché contra fusiles o cañones, sino contra lo que trae la gente en la cabeza. A veces digo que la revolución fue más fácil. Fue más sencillo plomear a un federal que a un enemigo mustio, que puede ser tu vecino, tu maestro, el marchante, el amigo o alguien de tu misma parentela.

Régula no tuvo la culpa.

¿Entonces quién?

¡A saber!

ÁNGELA

*M*uchos días anduviste tristeando como ánima en pena y fue ese tiempo cuando te volví a hallar.

Nos hallamos.

Nos hallamos, tienes razón. Y te froté las piernas con alcohol pa quitarte las reumas, te lavé el pañuelo cuando te agarraron los estornudos y fui al zócalo por tu sombrero todas las veces que lo olvidaste allá.

No solo eso, también aplacaste mi sed con agüita de tenmeaquí y pasamos tardes escriturando esta querencia que nació cuando éramos chiquillería.

Así es, pasamos muchas tardes con el cielo rojo de testigo. ¿Te puedo pedir algo?

Claro.

Para ese reloj que está en la pared, me dan ansias tantos tictaqueos.

Ay, Ángela, qué cosas se te ocurren, pero ¿Cómo le hago?

Súbete a ese banquito y quítale el péndulo.

Ahí voy… ¡listo! Pasaditas las seis de la mañana ya están quietas las manecillas del reloj ¿contenta?

Todavía no. Dame ese ramito que está en el florero, ándale.

¿Para qué?

Para ponerte una flor.

¡Ájale! No, no, no, no.

Entonces lo agarro yo, ¡faltaba más! Esta va en mi oreja y esta otra… ¡déjatela poner! Se puede sostener… aquí… en la bolsa de arriba que tiene tu camisa.

¡Cuándo no te has de salir con la tuya! Dime, ¿qué te traes entre manos?

Ya verás. Abre la consola del tocadiscos, ándale.

¿La consola? Pero si ya no tarda en amanecer, Ángela.

Ándale.

Párale con tantos ándale… Mejor dime: ¿qué fregados quieres hacer?

Bailar.

Estás zafada. Yo sé disparar no bailar.

Si estar zafada es querer bailar contigo, sí estoy loca, zafada y quiero bailar un danzón.

¿Un danzón?

Dibujando un ladrillo con los pies, como debe ser.

Pero llevamos todo el día y toda la noche hable y hable. Ya se me cierran los ojos y las piernas no aguantan.

El disco está en el veliz de cuero.

¿En mi veliz?

¿No me dijiste, cuando me vine para acá, que todo lo que hay aquí también es mío? Hace tiempo guardé ahí mis discos. Saca el que dice Nereidas.

¿Nereidas?

Ese mero, ¡ándale!

Ándole pues… nomás a ti te obedezco, nomás a ti. A ver… ¡aquí está!

Ahora coloca el disco en su lugar y pon la aguja en el surco.

¿Surco? ¡Ni que estuviera sembrando!

¡Hay palabras que sirven para varias cosas! Pon la aguja en esa rayita y pícale al botón para encender la consola.

¡Ya está!

Ahora para la oreja, escucha la música, son flautas, violines, trompetas, ¡el piano! Y vente para acá.

¡Lo repito, nomás a ti te obedezco!

Ponme la mano aquí, en la cintura. ¡Eso! ahora levanta el brazo hasta acá y déjate guiar, que bailar yo sí sé.

¡Pos sí, pero como dicen, tengo dos piernas izquierdas!

Siente la música, el ritmo y déjate guiar. Imagínate que estamos parados en un ladrillo y sigue mis pies, así... ¡eso mero!

¿Sabes, Ángela? Ora que estamos cerquita cerquita te quiero pedir un encargo.

¿Qué cosa?

Cuando la flaca venga por mí, no te olvides de cincharme el pantalón, cerrar los botones de mi camisa, acomodarme el sombrero arriba del pecho, ajustarme un paliacate rojo en el cuello. Desenfunda la Casimira y ponla junto a mi mano izquierda, pa que cuando esté en el cielo y quiera mandarte un recado eche un tiro y ese tiro truene como rayo y caiga aquí en estas tierras donde nací, luché y te conocí.

¿Cómo sabes que te vas a ir al cielo?

Nomás lo sé, porque sí.

Está bueno, pero... ¿no tienes algo más que decirme?

¿Algo de qué?

De lo nuestro.

Nada.

¡De nada solo puede resultar nada!

Eso es nomás entre tú y yo, Angelita. ¿Qué tal si digo algo y nos oye un escribiente y pone en tinta y papel cosas tuyas y mías, cosas de acá dentro, cosas de verdad y otras inventadas. No.

Aquí no hay nadie más que tú, yo y la música.

Las paredes oyen.

Puede ser, pero yo sí tengo algo que decirte. Durante años bailé sola, abrazándome a mí misma, dando pasos pequeños sin poder avanzar o sin saber para dónde. Traté de querer o dejarme querer, pero, como te dije hace rato, nomás no pude. Ahora, después de tanto tiempo, de tantas preguntas y reborujo en mi cabeza, sé que por ti vi la luz, por ti esperé y por ti quiero morir.

¡Qué cosas dices, Ángela!

Son cosas de acá dentro, algún día tenían que salir.

Contésteme: ¿va a hacer lo que le pedí?

Te contesto como tú me hablas: Si usted se va antes que yo, sí.

¿Me lo jura?

Se lo juro, Amelio, mi coronel.

Amelio, mi coronel de Ignacio Casas
se terminó de imprimir en el mes de abril de 2022
en los talleres de Diversidad Gráfica S.A. de C.V.
Privada de Av. 11 #1 Col. El Vergel, Iztapalapa,
C.P. 09880, Ciudad de México.